부디 안녕하기를

남유하 장편소설

부디 안녕하기를

―나의 깊든 이에게

| 차례 |

어릴 때는 어른들에게 궁금증을 묻곤 했다.

대부분 성가신 아이라고만 여길 뿐,

진지하게 대답해 주는 이는 없었다.

이제는 그들이 냉정하고 무심했던 이유를 안다.

그들도 답을 모르기 때문이다.

모두가 다른 영혼을 몸 안에 품고 사는데도 그렇다.

1부

아무리 불운한 예언이 내려졌다 하더라도

내 힘으로 뛰어넘을 수 있는 지점이 있다면 찾아낼 것이다.

운명이 원하는 대로 두진 않겠다.

나의 깃든 이

열일곱, 내게도 '그것'이 찾아왔다.

나는 언제나 남들보다 한 박자 늦은 인생을 살아왔기 때문에, 조금은 얼떨떨한 심정으로 제때 찾아온 그것을 받아들였다. 당연하게도 그것은 아직 잠들어 있다. 언니의 그것은 닷새 만에 깨어났다. 내 안에서 그것이 동화되어 깨어나려면 시간이 얼마나 필요할까?

*

그것은 좀처럼 깨어나지 않았다. 보름이 지나고 한 달이 지나도록. 잠을 오래 자는 존재. 어쩌면 뱀인지도 모르겠다. 지금은 겨울이니 겨울잠을 자고 있는지도. 개구리나 곰일 수도 있다. 어느 쪽이라도 좋았다. 사람이 아닌 편이 더 나을 수도 있겠다.

"아직도 안 깨어났어?"

언니는 나를 비웃었다. 네가 그렇지, 하는 표정으로. 분하지만 대꾸할 말이 없었다.

언니는 운이 좋다. 어렸을 때부터 그랬다. 마치 집안에 운의 총량이 정해져 있어 언니가 가족의 운, 내 운까지 모조리 가져간 것 같았다. 언니는 1년 전 이맘때 깃들었다. 언니의 그것은 무당이었다. 우리 마을에서 무당의 영혼을 받아들이는 것은 특별한 의미를 지닌다. 언니의 깃든 이가 깨어난 날, 어머니는 이웃 사람들과 잔치를 벌였다. 그날 밤 나는 언니의 울음소리를 들었다.

"무당의 영혼 중에서도 하필 분리 무당이라니, 어째서 제게 이런 일이 일어난 걸까요?"

"그래도 무당의 영혼이 깃든 게 어디야. 아무나 할 수 없는 일이잖아."

어머니는 나지막한 목소리로 언니를 달랬다.

"제 안에 깃든 이가 무당이라는 건 깨어나기 전부터 어렴풋이 느꼈어요. 전 그가 예지 무당이길 바랐는데. 예지 무당만이 신당의 이면에 들어갈 수 있단 말이에요. 신성한 아이를 직접 모실 수 있다고요!"

"쉿, 네게 깃든 그분이 들을라."

그 뒤로도 언니의 울음은 가늘고 길게 이어졌다.

언니는 곧 신당으로 떠난다. 무당의 영혼이 깃든 자는 1년이 지나면 신당에 가서 본격적인 수행을 한다. 바다에 접해 있는 우리 마을에서 행성 북단의 신당까지 가려면 마차를 타고 꼬박 하루하고도 반나절을 가야 한다. 신당에는 여러 종류의 무당이 있고, 각각의 계급이 있다. 제례 무당은 주로 망자의 넋을 기린다. 연초에, 추수 시기에, 마을의 안녕을 기원하는 제사도 주관한다. 신당에 있는 무당은 대부분 제례 무당이다. 미래를 보는 예지 무당은 지위가 가장 높고 그 수도 적다. 그중에서도 결정자라 불리는 열두 명의 예지 무당만이 신당의 중요한 일을 결정할 수 있다. 언니 같은 분리 무당은 수는 적지만 지위가 낮으며, 신당의 별관에 머문다고 한다. 그렇지만 무당인 이상, 신당의 일꾼과는 비교할 수 없는 대우를 받는다.

무당들은 서로 교류하며 부족한 부분을 채우고 좋은 기운을 나눈다. 모두 사람들을 도와주기 위함이다. 그들로 인해 마을은 평화롭게 유지된다. 이 행성에 사는 모든 이들이 빙의되기 전부터 무당들은 존재했다. 그들은 자기 몸에 신이라 부르는 다른 영혼을 받아들이고 길흉화복을 점쳤다.

나는 언제나 궁금했다. 무당의 영혼이 깃든 사람은 그 무당이 모셨던 신까지 함께 받아들이는 것일까? 만약 그렇다면 영혼은 몇 겹이고 중첩해 존재할까?

어릴 때는 어른들에게 이런 궁금증을 묻곤 했다. 대부분 성가신 아이라고만 여길 뿐, 진지하게 대답해 주는 이는 없었다. 어른들의 차가운 얼굴을 볼 때마다 나는 또 쓸데없는 질문을 한 것 같아 자책했다. 이제는 그들이 냉정하고 무심했던 이유를 안다. 그들도 답을 모르기 때문이다. 모두 다른 영혼을 몸 안에 품고 사는데도 그렇다. 결국 우리는 자신의 영혼과 자기 안에 깃든 영혼 이외에는 이해할 수 없으므로. 아니, 우리는 우리 자신의 영혼조차 이해하지 못하므로.

우리 부족은 열일곱 살 전후로 빙의된다. 몸속에 다른 이의 영혼을 받아들이게 되는 것이다. 그것, 사람에게 깃드는 영혼은 다양하다. 가장 흔한 경우는 조상의 영혼이 들어오는 것이지만 전혀 모르는 남이 들어오는 경우도 많았다. 동식물의 영혼이 깃드는 경우도 적지 않았다. 사람들은 자신에게 깃든 영혼을 깃든 이,라고 불렀다.

어떤 존재가 깃들든, 우리 부족은 누군가와 더불어 살아감으로써 마음의 균형을 유지할 수 있었다. 자기 안의 존재로 인해 사람들은 근원적인 외로움을 어느 정도 상쇄할 수도 있었다. 자신과 성향이 비슷한 존재가 깃든 사람은 비슷한 대로, 성향이 다른 존재가 깃든 사람은 다른 대로, 각각 장단점을 지녔다. 또한 그것은 한 사람 안에 두 개의 인격이 존재하는 것과는 달랐다. 그보다는 생을 먼저 살아 본 멘토로서, 수호령처럼 지켜 주는 존재와 함께하는 것에 가까웠다. 동식물이 깃들었다고 열등한 것은 아니었다. 동물의 영혼을 받아들인 이들은 동물과 관련된 일을 했다. 식물의 경우, 식물을 연구하는 일을 하거나 농업과 임업에 종사했다. 곤충도 마찬가지였다. 하찮은 영혼은 없었다.

*

49일이 되던 날, 마침내 그것이 깨어났다. 겨울잠을 자는 동물일 거라는 예상과 달리 그것은 인간의 영혼이었다. 그것 — 더 이상 그것이라고 부르면 안 되지만 — 은 갓 태어난 아기처럼 울었다. 그러나 아기 목소리는 아니었다. 성인, 아마도 여성의 목소리였다. 시간이 얼마 지난 뒤, 그 영혼은 뭉개진 발음으로 말했다. 나는 그가 구사하는 언어를 전혀 알아들을 수 없었다.

 당신의 생각을, 그림으로 보여 줘요.

나는 내게 깃든 영혼과 소통하려 노력했다. 서로에게 동화되기 위해서는 소통이 필수적이다. 이미지, 그러니까 심상을 통해 소통하는 것은 동식물의 영혼이 깃든 이들이 사용하는 방법이지만.

그러나 나의 '깃든 이'는 아무것도 보여 주지 않았다. 눈을 감고 정신을 집중해도 암흑만이 펼쳐졌다. 어두운 날들이 이어졌다. 아무리 애를 써도 이해할 수 없는 언어만 들려왔다. 그렇다고 언어가 아니라고 하기에는 일정한 리듬과 분절된 단위를 갖고 있었다. 도대체 이 영혼은 어디에서 온 걸까? 나는 피부 아래에서 스멀거리는 불안을 눌렀다.

조급해하지 말자. 내 안에 들어온 영혼이니 소통할 수 있을 거야.

정확히 99일이 지나고 깃든 이가 온 지 100일째 되던 날이었다. 잠을 자려 누웠는데 눈앞에 희미한 윤곽이 보였다. 드디어 내게 깃든 영혼이 암흑이 아닌 심상을 보여 준 것이다. 윤곽은 점점 물체의 형상을 갖춰 갔다. 은은한 반짝임…… 저건…… 밤하늘의 별?

흐릿한 상을 보여 준 영혼이 내게 말을 걸었다. 나는 여전히 그의 말을 알아들을 수 없었다. 여러 번 묻고 답하고 영상을 주고받은 끝에 그가 우리가 사는 행성이 아닌 우주에 존재하는 별에서 왔다는 걸 알았다. 외계 행성에서 온 영혼이라니, 먼 우주에서 콩깍지를 타고 온 신성한 아이 신화만큼이나 신기하고 신비로웠다. 우주를 떠다니던 영혼과 내 영혼의 파동이 맞아떨어진 것이다. 이런 일이 일어날 확률은 얼마나 될까?

나의 깃든 이는 잠을 많이 잤다. 잠에서 깨어나면 내게 우주와 별, 구겨진 금속 조각 같은 심상을 보여 주고는 지친 듯 금세 다시 잠들었다.

몇 주가 흘렀다. 그 사이 언니는 신당으로 떠났다. 앞으로 명절이나 가족 기념일에만 집에 돌아올 것이다. 내심 기뻐하는 나와 달리 어머니는 몹시 아쉬워했다. "해티, 참으로 복된 일이다."라며 언니를 안아 주었지만 마을 어귀에서 그 뒷모습이 사라지자 참았던 눈물을 흘렸다.

우주에서 내게 온 영혼과는 단편적인 정보를 주고받았다. 영상으로 소통하는 것도, 파동으로 서로의 언어를 해석하는 것도 에너지 소모가 많이 필요했다. 그럴 바에야 처음부터 시작하는 편이 나을 것 같았다. 나는 그에게 우리 행성의 언어를 가르치

기로 했다. 수많은 시행착오를 겪으며 그는 우리 행성의 언어를
배워 갔다. 석 달이 지났을 때, 그는 완전하지 않은 문장으로 말
할 수 있게 되었다.

깃든 이 나는, 잊었다, 언어, 오래, 우주, 떠돌았다.

그가 뇌세포 속에 숨겨진 단어를 찾아 끄집어내듯 천천히, 띄
엄띄엄 말했다. 그의 영혼은 우주를 떠돌며 기억을 잃어 갔고,
끝내 언어마저 잃게 되었다고.

소 로 내 이름은 소로예요.

나는 그에게 내 이름을 말해 주었다. 우리에게는 서로를 부를
호칭이 필요했다.

깃든 이 소. 로.
소 로 맞아요. 당신 이름은요? 아직도 기억 안 나요?
깃든 이 이름, 모른다.
소 로 내가 당신의 이름을 되찾게 해 줄게요. 기억도 찾을 수 있게
　　　도울게요.

깃든 이 지. 구.

소 로 지구? 당신의 이름이 지구인가요?

깃든 이 지구. 행성.

다음 순간 그가 보여 준 것은 검은 공간 가운데 푸르게 빛나
는 행성이었다.

소 로 이곳이 지구인가요? 당신이 살던 곳? 당신은 왜 그곳을 떠나
왔나요?

침묵과 어둠. 그는 다시 잠들었다. 지구, 나는 그의 행성 이름
을 입안에서 굴려 보았다. 앞으로 그와 더 많은 이야기를 나누
고 싶었다. 그의 삶을, 지구라는 별의 이야기를 듣고 싶었다. 자
그마한 흥분이 나를 감쌌다.

깃든 이를 쫓는 굿

둥, 둥, 둥…….

새벽부터 북소리가 울려 퍼졌다. 나는 얼른 일어나 옷을 갖춰 입었다. 오늘은 굿판이 벌어지는 날이다. 카리에게 깃든 이를 쫓아내기 위한 굿이다. 오늘 굿은 분리 무당이 할 것이다. 아마 언니도 올 것이다.

카리에게는 마을에 원한을 품고 죽은 살인범의 영혼이 깃들었다. 심상치 않은 낌새를 가장 먼저 눈치챈 건 그 애의 아버지였다. 영혼이 깃든 날부터 카리의 얼굴에서 웃음기가 사라지고, 평소 입에 담지 않던 폭력적인 말과 욕설을 내뱉었다고 했다. 카리와 나는 소꿉친구였다. 그 애는 검은 눈동자에 긴 속눈썹을 가진, 조용한 아이였다. 내가 뭔가를 하자면 곧잘 응했고, 내가 무슨 말을 하면 고른 이를 내보이며 웃었다.

몇 해 전 어느 무더운 여름날의 일이 아직도 선명하게 기억난다. 개울에서 물놀이를 하고 돌아오던 길이었다. 카리가 갑자기 나를 세게 밀쳤다. 나는 앞으로 넘어졌다. 아프기보다 당황스럽고 화가 났다.

"너 왜 그래?"

카리가 내 옆에 쪼그리고 앉아 바닥의 까만 점을 가리켰다. 죽은 매미였다.

"죽은 매미 때문에 날 밀었다고?"

그 애는 대답 대신 고개를 끄덕였다.

"그까짓 것 밟으면 좀 어때? 살아 있는 것도 아닌데. 너 때문에 피나잖아."

나는 바닥에 긁힌 무릎을 내보였다. 그제야 카리는 일어나 내게 손을 내밀었다.

"미안, 말한 적 없지. 우리 엄마의 깃든 이는 매미야. 그래서 난, 죽은 매미라도 밟히는 게 싫어."

"그러니까 죽은 매미가 나보다 중요하단 거잖아?"

나는 카리의 손을 뿌리치고 집으로 왔다. 나무에 매단 그네에 앉아 곰곰 생각해 보니 카리는 매미를 특별하게 느낄 것 같았다. 다음 날 카리에게 무릎은 다쳤지만 네 마음을 이해할 수 있다고 했다. 카리는 통통한 볼에 보조개를 만들며 말했다.

“그거 알아? 매미는 땅속에서 유충 형태로 7년을 보낸대. 그리고 특이하게도 번데기를 거치지 않고 매미가 되어 밖으로 나와 껍질을 벗는 거래. 그래서 매미 껍질은 매미 모양이라고, 엄마가 말해 줬어. 엄마는 참을성이 많아. 그리고 노래도 잘해.”

카리는 매미가 성충이 된 뒤 여름 한 철을 보내고 죽는다는 말은 하지 않았다. 카리의 엄마는 그 애가 열 살 되던 해에 죽었다. 아버지와 둘만 남게 된 카리가 마을의 서쪽으로 이사를 가면서 점점 만나는 횟수가 줄어들다가 어느 순간 연락이 끊겼다.

사흘 전, 시장에서 카리의 분리 굿을 한다는 말을 듣고 얼마나 놀랐던지. 나는 사과를 고르는 척하며 그들이 하는 이야기에 귀 기울였다.

깃든 이를 몰아내야겠다고 결심한 건, 카리 자신이었다. 창고에 들어온 오소리를 맨손으로 찢어 죽이고 나서 이대로라면 사람을 죽일지도 모른다며 아버지에게 자기 손을 밧줄로 묶어 달라고 했단다. 허겁지겁 아들을 묶은 아버지는 말을 타고 신당으로 달려갔고, 급하게 굿하는 날짜가 정해졌다. 카리에게 깃든 영혼은 염소 뼛가루를 섞어 빚은 항아리에 담겨질 것이다. 부적으로 봉인된 항아리는 신당으로 옮겨져 분리된 영혼의 탑에 보관한다. 그래야 다른 사람에게 악한 영혼이 깃드는 일을 막을 수 있다.

마을 사람들이 굿판을 구경하러 광장에 모였다. 마을의 서북쪽에 위치한 광장은 모래로 가득 찬 호수처럼 넓고 둥그렇다. 평소 비어 있는 광장을 네 개의 제단이 채웠다. 남쪽과 북쪽의 제단은 죽음을 상징하는 검은색, 동쪽과 서쪽의 제단은 삶을 상징하는 노란색 천으로 덮여 있었다. 제단으로 구성된 정사각형의 한가운데, 붉은 옷을 입은 카리가 팔이 뒤로 묶인 채 무릎을 꿇고 있었다. 카리를 바라보는 사람들의 시선이 곱지 않았다. 카리의 경우처럼 흉악한 살인범이 아니더라도, 범죄자의 영혼이 깃든 사람은 잠재적 범죄자로 취급받았다. 범죄자와 파동이 맞는 데는 이유가 있지 않겠느냐는 논리였다. 나는 그런 흑백논리가 싫었다. 선한 사람이라도 때로는 마음이 어둠에 지배당하는 순간이 있고, 그 순간 악한 영혼이 깃들 수도 있음을 대다수는 부정하고 싶어 했다. 자신에게 깃든 이가 범죄자가 아니라는 이유로.

깃들었던 영혼을 쫓아내면 카리는 두 번 다시 영혼을 받아들이지 못할 수도 있다. 간혹 새로운 존재를 받아들이는 사람도 있으나 두 번째 빙의는 일어나지 않는 경우가 훨씬 많았다. 108일이 지날 때까지 빙의가 일어나지 않으면 카리는 '깃들지 않은 자들의 마을'에 가게 된다.

둥, 두둥, 둥……

더욱 커진 북소리가 횡격막을 울렸다. 숨을 제대로 쉬기 힘들었는데, 가슴을 울리는 북소리 때문인지 제단에 올려진 꽃과 과일의 진한 향기 때문인지 구분할 수 없었다. 북쪽 제단 한구석, 말뚝에 매인 검은 염소는 연신 울어 대는 듯 입을 벌리며 고개를 쳐들었지만 북소리에 가려 그 소리가 들리지 않았다. 굿의 마지막 순서를 생각하니 겁에 질린 염소의 눈을 마주 볼 수가 없었다. 북소리가 울릴 때마다 북채가 카리의 가슴을 때린 듯 몸이 뒤로 휘었다. 저러다 허리가 꺾이는 게 아닐까. 조마조마하며 그 애를 지켜봤다.

둥! 돌연 북소리가 끊겼다. 염소도 놀랐는지 울음을 멈췄다. 무서울 정도의 침묵이 광장을 압도했다.

찰랑, 찰랑, 찰랑…….

방울 소리가 침묵을 갈랐다. 가마를 타고 온 무당이 흔드는 방울 소리였다. 눈이 시릴 정도로 새하얀 가마에서 내린 무당이 긴 옷을 펄럭이며 제단 앞에 모습을 드러냈다. 삶과 죽음을 분리하는 자답게 앞쪽은 검고 뒤쪽은 노란 옷을 입었다. 그 뒤를 따르는 수행자 다섯 명 중 한 사람은, 언니였다.

무당이 방울을 흔들며 광장 한가운데로 천천히 걸어 나왔다. 찰랑, 찰랑, 차르르……. 고막을 파고드는 방울 소리. 저절로 몸이 떨렸다. 방울 소리를 들으면 나는 10년 전, 아버지의 분리 굿이 떠올랐다.

　어린 시절부터 사냥을 좋아했던 아버지는 열여섯 살에 빙의되었다. 그에게 깃든 영혼은 수도사였다. 우리 부족에게는 무속 신앙이 주된 종교지만 몇몇 수도자와 신도들에 의해 유일신을 모시는 수도원이 명맥을 유지 중이다. 아버지는 그로부터 10년 뒤인 스물여섯에 어머니와 결혼했다. 혼자 사는 게 나을 거라는 깃든 이의 충고는 무시했다. 두 딸을 낳을 때까지만 해도 어머니는 아버지가 부족의 누구와도 다르지 않은 평범한 삶을 살아갈 거라 믿었다. 아버지 자신도 타고난 본성을 죽이며 살아갈 수 있을 거라 믿었다. 그러나 이상과 현실은 달랐다. 사냥꾼이었던 아버지의 본능은 금욕하고 절제하는 수도사의 영혼과 끊임없이 갈등했다. 아버지는 식량을 얻기 위해서만이 아니라 재미를 위해 사냥했다.

　"수도사 양반이 또 안 된다네. 내 이 양반을 언젠가 쫓아내 버리고 말겠어."

　아버지는 사냥을 나가며 혹은 들짐승을 어깨에 메고 들어오며 수도사를 쫓아내겠다고 농담처럼 말했다. 잔소리하는 그의 존재가 너무 성가시다고. 농담이 아니었다는 건, 아버지가 서른여섯 되던 해에 밝혀졌다.

"여보, 더는 안 되겠어. 분리 굿을 해야겠어."

"그게 우리를 버린다는 뜻인 건, 알고 있죠?"

나는 거실 구석에서 아버지와 어머니의 대화를 엿듣고 있었다. 아버지는 어머니의 질문에 대답하지 않았다. 그때 나는 고작 일곱 살이었지만 무슨 상황인지 알 수 있었다. 분리 굿을 하고 나서 새로운 영혼이 깃드는 이는 드물다. 영혼이 깃들지 않으면 아버지는 깃들지 않은 자들의 마을로 떠나야 한다. 그래서 어머니는 아버지에게 우리를 버린다,고 말한 것이다. 할머니도 아버지를 말릴 수 없었다. 자신만은 예외라고 생각했던 걸까. 아버지는 끝내 분리 굿을 했고, 수도사의 영혼은 분리되기도 전에 소멸해 버렸다.

두 번째로 깃든 이는 없었다. 108일이 지나고 아버지는 깃들지 않은 자들의 마을로 떠났다. 입은 옷 외에 다른 짐은 없었다. 그 뒤로 주욱 그곳에서 약초를 재배하고 기도하며 지낸다고 들었다. 채식도 기본이었다. 어떤 이유로든 깃든 이를 떠나보낸 사람들은 자신의 업보를 씻어 내기 위해 정연한 생활을 한다. 자유로운 삶을 위해 영혼을 분리한 아버지가 수도사와 다름없이 금욕적으로 살고 있다. 인생이 빵이라면 그 속엔 달콤한 잼 대신 모순이 가득 들어 있을 것이다.

지난 10년 동안, 어머니는 한 번도 아버지를 만나러 가지 않았다. 언니와 나도 아버지가 보고 싶다는 말을 입 밖에 내지 않았다. 사실 나는 아버지가 두려웠다. 짐승의 피를 얼굴에 묻힌 채 호탕하게 웃는 아버지가 나와는 다른 세계의 사람인 것 같았다. 아버지가 떠난 뒤, 언니는 아버지의 활로 활쏘기 연습을 했다. 어머니가 일하러 갔을 때 활을 메고 숲에 가는 언니를 나는 종종 보았다. 사냥하는 눈치였지만 포획물을 집으로 가져오지는 않았다. 언니는 어딜 가나 ─ 어머니의 눈에 띄지 않는 범위에서 ─ 화살통을 메고 다녔다. 언니가 활을 쏘는 동안 나는 달렸다. 달리기만큼은 자신 있었다. 바람을 가르며 언덕을 달려 내려올 때면 몸과 마음이 봄에 새로 돋는 풀처럼 싱싱해지는 기분이었다.

찰랑, 찰랑, 찰랑…….

금방이라도 비가 내릴 듯 하늘이 어두워졌다. 제단 옆의 횃불이 일제히 켜졌다. 매캐한 냄새가 숨결에 달라붙었다. 방울 소리는 커졌다가 작아지기를 반복하며 고막을 자극했다. 무당이 부채를 펼치고 팔을 휘두르자 제단 위의 꽃이 시들었다. 붉은 애벌레처럼 몸을 움츠린 카리. 그 애를 중심으로 춤추듯 빙글빙글 도는 무당.

무당이 지나가는 자리에는 어김없이 희뿌연 흙먼지가 일었다.

춤이 계속될수록 과일에 검은 반점이 생겨나고 농익은 냄새가 났다. 꽃은 시들어 고개를 숙인 지 오래였다.

구경하던 사람들의 반응은 제각각이었다. 어떤 이는 눈을 감고 손을 비비며 기도했고, 어떤 이는 매서운 눈으로 노려봤으며, 어떤 이는 울부짖으며 주저앉았다.

둥, 둥, 둥……

다시 북소리가 울렸다. 굿의 막바지에 다다른 것이다. 사람들이 약속한 듯 입을 다물었다. 심장이 북과 함께 공명했다. 춤을 추던 분리 무당이 허리춤에 찬 긴 칼을 뽑아 들었다. 횃불이 반사된 칼날이 금빛으로 일렁였다. 무당은 긴 혀를 날름거리며 염소 앞으로 달려갔다. 사악함이 깃든 얼굴이었다. 분리 무당은 악한 영혼을 불러낼 때 더 사악한 영의 도움을 받는다. 분리 굿을 하고 나면 사악한 영을 몰아내기 위해 보름 동안 소금과 얼음물만을 마시고, 매일 잠들기 전 차가운 물로 목욕해야 한다.

무당이 칼을 치켜들더니 염소의 목을 단숨에 베었다. 바닥에 구르는 머리를 집어 들어 피를 얼굴에 뒤집어썼다. 붉은 피로 얼룩진 무당이 카리 앞에서 사납게 울부짖었다. 야수처럼 이를 드러내며 카리를 향해 으르렁거렸다. 카리는 눈을 허옇게 뒤집고 몸부림치다가 짚으로 만든 인형처럼 푹 쓰러졌다. 무당이 칼을 들어 자신의 치렁거리는 검은 천을 사선으로 끊어 냈다. 반라의 몸 뒤에서 노란 천이 망토처럼 너울거렸다. 하얀 번개가 어두운 하늘을 갈랐다. 번쩍, 빛의 나무가 검은 하늘에 새겨진 순간, 잠자던 나의 깃든 이가 깨어났다.

깃든 이) 생각났어. 내 이름…… 조영인.
소　로) 조영인?
깃든 이) 북소리, 방울 소리 그리고 피의 제물…… 기억났어. 내 어머니는 무당이었어. 영험한 신이 들어온 무당이라 큰 굿을 도맡아 했지. 나는 어머니가 굿을 하는 게 싫었어. 무서웠어. 어머니가 내 어머니가 아닌 다른 사람의 얼굴이 되는 게. 다른 사람의 목소리로 말하는 게.

단숨에 말을 쏟아 낸 조영인이 정신을 잃듯 다시 잠들었다. 내게 깃든 영혼, 내 깃든 이의 어머니가 무당이라니 기분이 이상했다. 언니는 무당의 영혼을 받아들였고, 나는 자신의 엄마가 무당이었던 딸의 영혼을 받아들였다. 언니와 내 관계도 그랬다. 정확히 대척점에 있지는 않지만 모서리가 어긋난 액자처럼 미묘하게 틀어져 있었다. 역시 운명이라는 생각이 들었다.

가만, 조영인은 지구에서 왔다. 그건 지구에도 무당이 있다는 의미겠지?

조영인의 기억

굿판이 정리되고 집으로 돌아와 기절하듯 낮잠에 빠져들었다. 너무 긴장했던 탓이다.

조영인) 소로? 소로?

내 이름을 부르는 소리에 눈을 떴다. 조영인이었다.

소 로) 조영인, 일어났어요?

조영인) 네.

소 로) 기억이 돌아와서 다행이에요.

조영인) 그러게요. 저도 기뻐요.

소 로) 앞으로 조영인과 더 많은 이야기를 나누고 싶어요.

조영인) 영인이라고 불러도 돼요.

소 로) 영인? 이름이 조영인이라고 하지 않았어요?

조영인) 조는 성이에요. 영인이 이름이고. 소로는 성이 뭐예요?

소 로) 성……? 그게 뭐죠?

조영인) 가족에게 내려오는 성이 없어요? 예를 들어 저는 아버지도
조 씨고, 할아버지도 조 씨예요.

소 로) 씨? 그건 또 뭐예요?

조영인) 씨는 같은 성을 부를 때 쓰는 말인데…….

소 로) 우리 행성에는 없는 개념이에요. 그런 게 왜 필요한 건데요?

조영인) 음…… 가족이란 걸 나타내기 위해서?

소 로) 지구인들은 성…… 씨라는 게 없으면 가족인 줄 모르나요?

조영인) 그런 건 아니지만, 너무 당연하게 생각했던 거라 설명하기가
어렵네요. 어쨌든 우리 사이에 중요한 건 아닌 것 같아요. 그
보다 중요한 건 이름의 뜻이겠죠?

소 로) 이름의 뜻이요?

조영인) 네. 소로의 뜻 말이에요. 내 이름, 영인에는 맑디맑다는 의미
가 있거든요.

이름에 의미가 있다니 신기했다. 우리 부족은 아기가 태어난
지 사흘째 되는 날, 어두운 방에 서른네 개의 음소를 조합해 만

든 카드를 늘어놓고 아기의 부모가 카드를 한 장씩 뽑아 이름을 짓는다. 설명을 들은 조영인은 나만큼이나 놀라고 신기해했다.

조영인) 정말로 이름에 아무런 의미가 없다고요?

소 로) 의미가 있어야 해요?

조영인) 지구에서는 이름의 의미가 꽤 중요했어요. 어떤 민족은 그 사람의 특징을 딴 이름을 짓기도 했고요.

소 로) 특징을 딴 이름이요?

조영인) 네. 푸른 나무의 정령이나 태양과 함께 노래하다 같은 이름요.

소 로) 우아, 정말 멋진 이름인데요.

조영인) 하지만 이름에 의미가 없는 것도 그 나름대로 멋진 것 같아요. 이름을 짓는 방식도요. 어차피 생은 우연적인 거니까.

생은 우연적이다. 아빠에게 수도사의 영혼이 깃든 거나, 카리에게 살인자의 영혼이 깃든 것 그리고 내게 지구라는 먼 행성에서 온 조영인이 깃든 것. 모두 우연인 동시에 운명인 것처럼.

조영인) 잠깐, 소로가 어떻게 생겼는지 보여 줄래요?

내가 생각에 잠긴 사이 조영인이 말했다. 나는 몹시 당황스러
웠다. 지금까지 그와 소통하면서 보았던 심상은 어두운 우주에
서 빛나는 별, 구겨진 금속 조각 그리고 푸르고 영롱한 지구처
럼 단편적인 것들이었다. 지구인들의 생김새에 대한 정보는 전
혀 없었다.

만약 그들이 우리와 다르게 생겼다면?

나는 내 손발을 내려다봤다. 두 개의 손과 두 개의 발이 있고,
각 손발에는 손가락과 발가락이 다섯 개씩 달려 있다. 특히 손
가락과 발가락은 자세히 들여다보고 있으면 징그럽다는 생각이
들 때도 있었다. 조영인이 내 모습을 괴상하다고 여기면 어쩌지?

[조영인] 어서, 거울 앞에 서 봐요.

조영인이 재촉했다. 나는 여전히 망설여졌다.

[소 로] 우리 생김새를 서로 모르는 편이 낫지 않을까요?

[조영인] 왜 그렇게 생각하는데요?

[소 로] 영인은 먼 우주에서 왔잖아요. 그러니까 우리는 다르게 생겼
을 수도 있고, 생김새만으로 괜한 편견을 갖게 될까 두려
워요.

[조영인] 그런 걱정은 하지 말아요. 난 우주 공간에서 아주 오랜 세월을 혼자 떠돌던 늙은이랍니다. 살아 있는 것은 모두 아름다워요. 자, 어서, 어서 거울 앞으로 가요.

살아 있는 것은 모두 아름답다는 말에 용기를 얻어 일어났다. 심호흡을 크게 하고 벽에 걸린 거울에 내 모습을 비춰 보였다. 익숙한 내 모습을 보는 일이 이렇게 긴장될 줄이야.

[조영인] 세상에!

조영인이 감탄사를 내질렀다. 나는 한동안 숨을 고르느라 말을 할 수가 없었다. 안 좋은 느낌은 아니었지만 그래도 떨렸다.

[조영인] 내 모습을 보여 줄게요. 가만, 젊었을 때가 좋겠네요. 내가 소로 나이였을 때의 기억은 사진으로만 남아 있어요.

조금은 진정한 듯한 조영인이 자신의 젊은 시절 사진을 보여 주었다. 나도 그가 그랬던 것처럼 감탄했다. 조영인은 무섭도록 나와 닮은 모습이었다. 어머니보다 언니보다 더.

[소 로] 우리, 정말 닮았네요. 영인이 우리 부족이라고 해도 믿을 수
있겠어요. 어떻게 이럴 수가 있죠?

어리둥절한 채 거울을 보며 말했다.

[조영인] 넓은 우주니까요. 서로 닮은 행성과 닮은 생명체가 존재한다
는 것도 이상하진 않잖아요? 아, 풍습도 닮았네요. 애당초 내
가 기억을 찾게 된 것도 무당의 굿 덕분이었으니까요.

[소 로] 네…….

우연과 우연이 더해진 걸 단순한 운명이라고 생각할 수 있을
까? 우주에는 내가 알 수 없는 어떤 힘 ― 운명보다 강한 무엇
― 이 작용하는 것 같았다. 조영인이 밝은 목소리로 말했다.

[조영인] 지구와 비슷한 곳에 와서 다행이에요.

[소 로] 지구와 비슷한 곳이라 오게 된 걸 거예요. 깃드는 이와 깃든
이의 파동이 맞지 않으면 영혼이 들어오는 일 자체가 불가능
하니까요.

나는 조영인처럼 맑은 사람과 감응하게 되어 다행이라고, 진

심으로 생각했다. 어쩐지 눈물이 날 것 같았다. 그가 말했다.

[조영인] 소로, 날 안아 줘요.

안아 달라니, 물리적으로 불가능한 일이었다. 그런데도 나는 동요하지 않고 두 팔로 내 어깨를 가만히 감싸안았다. 배 속에서 가슴으로 따뜻한 온기가 퍼져 나갔다. 태어나서 처음으로 마음의 허기가 채워지는 느낌이었다.

*

[조영인] 소로, 정말 신기하지 않아요? 지구에서는 빙의된 사람들이 소수고 별나다는 취급을 받았는데, 이곳에서는 빙의되지 않은 사람이 소수라니! 내가 본 게 분리 굿이었단 말이죠? 한 해의 안녕을 빌며 제사를 지내기도 한다고요? 그것도 지구랑 비슷하네요!

기억을 찾은 조영인은 내가 쫓아가지 못할 정도로 수다스럽다가도 문득 우주에서 떠돌던 시절을 떠올리고는 한없이 우울해졌다. 우울할 때 조영인의 영혼은 푸른빛을 띠고, 내 안 어딘가에서 고요히 침잠해 있었다. 수다쟁이일 때는 내가 묻지도 않은 이야기를 두세 번씩 반복해 말하기도 했다. 같은 이야기지만 재미있게 들을 수 있었던 건 내용보다 그가 말하는 방식, 머릿속에 전달되는 목소리가 좋았기 때문이다. 때로 그가 작게 속삭일 때면 뇌가 간지러운 듯한 느낌이 들기도 했다. 물론 기분 좋은 간지러움이었다. 나는 그에게 우리 행성에 대해 들려주었다. 이야기를 나눌수록 두 행성은 공통점이 많다는 걸 발견했다.

조영인은 어떻게 우주에서 오랜 시간 떠돌게 되었는지 말해주었다. 지구는 우리 행성보다 과학기술이 훨씬 발달해서, 그의 이야기를 이해하기 위해서는 많은 것들을 공부해야 했다. 예를 들어 조영인이 나와 대화하게 되기 전, 내게 보여 줬던 우주 속 구겨진 금속 조각은 우주선의 파편이었다. 우주선은 하늘을 나는 마차 같은 거라고, 대신 아주 크고 튼튼한 마차라고 설명해주었다. 지구에 사는 사람들은 우주선을 타고 다른 행성으로 여행을 다녔다. 우주선의 영상도 보여 주었으므로 이해하기 어렵지는 않았다. 조영인이 우리의 언어를 빨리 배울 수 있었던 것처럼 나 역시 그가 알려 주는 것들을 흡수하듯 배워 나갈 수 있었다.

조영인은 고희, 일흔 살 생일을 맞아 남편과 화성으로 여행을 가기로 했다. 화성은 지구와 마찬가지로 태양계에 존재했던 행성이다. 정작 자신은 우주여행이 너무 거창하다고 생각했으나, 남편이 '죽기 전에' 꼭 가고 싶어 했으므로 마지못해 떠났다. 아이들이 여행 경비를 보태 주었다.

"당신은 우주 방사능, 걱정되지 않아?"

화성행 티켓 구매를 확정하기 전, 조영인이 남편에게 마지막으로 물었다.

"괜찮아. 우리같이 나이 먹은 사람들은."

남편의 대답에 조영인은 자그맣게 한숨을 내쉬었다. 한편으로 까짓것 살아 봐야 얼마나 더 살겠어, 하는 생각도 들었다. 조영인은 50세가 되던 해에 마인드 업로딩 포기 각서를 써 놓았다. 마인드 업로딩이란 죽기 직전 의식을 추출해 디지털 데이터 형태로 만들어 데이터 센터에 이식하는 기술이다. 육체는 버려지지만 의식만은 거대한 데이터 세상, 가상공간에서 영원히 살아가는 기술이다. 그런데 영원히 살 수 있다면 좋지 않을까?

소　로　영인은 왜 마인드 업로딩을 포기했어요?

조영인　난 쉼 없이 계속되는 삶을 원하지 않았어요. 몸이 없이 살아간다는 것에도 거부감이 들었고요. 데이터로 만들어진 육체는 결국 데이터일 뿐, 물성이 없으니까요.

조영인은 몸으로 하는 일을 사랑했다. 감자를 깎는 일이나 욕실 청소 같은 집안일을 할 때도 기계의 도움을 받지 않았다. 미세한 근육의 움직임을 느끼는 게 좋았다. 그는 남편에게 함께 포기 각서를 쓰자고 했지만 남편은 단호히 거절했다.

"사람 일 어찌 될지 몰라. 적어도, 나중에 후회할 일은 하지 말아야지."

그렇게 말하면서도 남편은 조영인이 포기 각서를 쓰는 걸 말리지 않았다. 말린다고 결정이 흔들릴 리는 없는데 왜 섭섭함을 느꼈을까요. 조영인이 혼잣말하듯 중얼거렸다. 나는 미안해졌다. 육체 없이 살고 싶지 않았던 그가 내 안에서 영혼으로만 지내게 된 게 마인드 업로딩과 비슷한 것 같았다.

조영인 괜찮아요.

조영인이 마치 내 생각을 읽은 것처럼 말했다. 우리의 의식은 경계가 모호하게 어우러져 있지만 서로의 생각까지 침범하지는 않는데도.

조영인 소로의 몸에 들어 있는 상황은 비록 경험해 보진 않았지만 데이터만으로 존재하는 것과는 다르다는 확신이 들어요. 데

이터 세상은 막연히 건조하다는 느낌인데 소로의 몸속 세상
은 부드럽고 따뜻하면서도 축축한 느낌이거든요.

 축축하다고요?

 젤리로 된 온천에 들어간 것 같다고 해야 할까요? 진짜 물성
을 느끼는 거죠. 기억나지는 않지만 엄마 자궁 속에 있는 느
낌과 비슷한 것 같아요. 어쨌든 난, 소로와 함께 있게 되어 기
뻐요.

조영인이 소로라고 내 이름을 부를 때마다 마음속에 다정함
이 쌓여 갔다. 좋은 기운에 싸여 보호받는 기분. 조영인도 내 안
에서 그렇게 느끼면 좋겠다.

 영인, 저도 기뻐요.

 기쁘고 말고요.

그가 미소를 머금은 목소리로 말하고는 잠시 끊겼던 이야기
를 이어 갔다.

 우리 형편에 화성 여행이 과하다는 생각은 여전했지만 기왕
간다면 걱정은 치워 버리고 즐기기로 했어요. 내 평생 오로라

한번 보러 가지 못했는데 그 정도 호강은 해도 되겠지,라며
마음을 달랬죠.

조영인은 남편 말대로 죽기 전에 화성의 푸른 노을을 보는 일
도 의미 있다고 생각했다. 지구의 하늘은 우리 행성처럼 해가 지
기 전에는 파랗고, 해 질 녘에는 붉은 노을이 지는데 화성은 그
와 반대라고 했다. 해가 지며 붉은 하늘이 서서히 푸르게 물든
다는 것이다. 상상만 해도 아름다운 풍경이었다.

그러나 조영인은 끝내 푸른 노을을 보지 못했다. 화성으로 가
던 우주 여객선이 갑작스레 나타난 소행성과 충돌한 것이다.

[조영인] 사고에 휘말리는 순간 엄마 얼굴이 떠올랐어요. 엄마가 살아
계셨다면 사고를 예견할 수 있었을까? 절대 우주여행을 가지
말라고 나를 말렸을까?

조영인을 제외하고 우주 여객선에 탑승한 전원이 폭발과 동
시에 사망했다. 사상 최초이자 최악인 우주 여객선 사고였다. 사
고 당시 조영인은 우주복을 입고 있었다. 43일이나 되는 지루한
탑승일 동안 어떻게든 즐겁게 보내기 위해 우주여행 체험 프로
그램을 신청했고, 마침 사고가 난 그날이 조영인 부부의 차례였

다. 남편은 화장실에 다녀오느라 미처 우주복으로 갈아입지 못했다.

"미안, 금방 입고 올게."

그것이 남편의 마지막 말이었다. 남편은 조영인의 눈앞에서 화염에 휩싸였고 우주복을 입은 조영인은 우주 공간으로 튕겨 나가며 죽음을 피했다. 하지만 그건 행운보다 불운에 가까웠다. 우주복 안의 산소는 한정적이라 매초 간격으로 산소 잔여 농도를 알려 주며 주의하라는 경고음이 들렸다. 산소를 아껴야 하는데 호흡은 더 가빠졌다.

[조영인] 마지막 산소가 사라지고, 난 영혼으로 존재하게 되었어요. 처음에는 죽은 줄도 몰랐는데…… 어느 순간 더는 숨이 막히지 않는다는 걸 알았죠. 그때 깨달았어요. 내가 죽었구나. 우주복을 벗고 밖으로 나가려는데 누군가 외치더군요. 그러지 마세요! 우주복을 벗으면 안 돼요! 그건 승무원의 영혼이었어요. 우주복을 입지 않은 승무원의 영혼은 그 외침을 마지막으로 우주 공간에서 곧 소멸해 버렸어요. 안타까웠죠.

[소 로] 영혼도 우주복을 입어야 하나요?

내 물음에 조영인이 작게 웃었다.

조영인 저도 잘 모르지만 영혼도 결국 입자로 이뤄졌으니까 그런 게
아닐까요? 저도 승무원의 영혼이 흩어지는 걸 보지 않았다
면 믿기 어려웠을 거예요.

말로 표현할 수 없는 긴 시간, 조영인은 어두운 공간을 떠다녔
다. 눈앞에서 끔찍한 영상이 반복 재생되었다. 소행성과 충돌하
던 순간의 굉음, 혼란, 불길에 휩싸이던 남편……. 죽었기에 신체
적인 고통은 끝났으나 기억이 남아 극심하고 격렬한 감정의 고
통을 겪어야 했다. 시간이 흐르며 우주복의 표면이 바래지는 것
처럼 감정도 무뎌져 갔다. 죽은 이에게는 감정을 느끼는 일조차
사치라는 듯. 그러나 고독만큼은 끈질기게 달라붙어 그를 괴롭
혔다. 조영인은 악착같이 과거의 기억에 매달렸다. 인생에 몇 장
면에 불과한 좋은 추억을 붙들고 절대 놓지 않기로 했다.

시간이 흐르고, 흘러 아마도 몇백 년이 흘렀을 것이다.

그는 언어를 잊었고 기억마저 잃고 그저 하나의 영혼으로 검
은 공간을 떠돌았다. 그러다 우리 행성 가까이에 왔을 때 낡은
우주복이 먼지가 되어 사라졌다. 대기의 강한 기운에 한순간 바
스라진 것이다. 어딘가로 빨려 들어가는 느낌에 정신을 잃었는
데…… 정신을 차리니 그의 영혼은 내 안에 들어와 있었다.

[조영인] 가만, 가장 좋은 추억이 떠올랐어요.

조영인이 보여 준 건 놀랍게도 바닷가 풍경이었다. 커다란 모자를 쓰고 모래사장에 누워 알록달록한 음료를 마시는 사람들, 수영복을 입고 물놀이하는 사람들, 바닷가에서 공을 주고받으며 즐겁게 소리치는 사람들……. 그 속에 조영인과 엄마가 있었다. 조영인은 젖은 모래로 어설픈 성을 만들고, 엄마는 그런 딸을 다정한 눈으로 바라보고 있었다.

[소 로] 이건…… 말도 안 돼.

나도 모르게 중얼거리자 조영인이 의아해했다.

[소 로] 아, 미안해요. 바닷가에 사람들이 이렇게 많은 건 처음 봐서요.

나는 조영인에게 바다가 우리 행성에서 어떤 의미인지 설명했다. 이곳에서 바닷가에 가는 일은 금기다. 우리 부족에게 바다는 세상의 끝, 죽음을 의미한다. 그래서 바다에서 나는 것도 먹지 않는다. 바닷가에 사는 건 마을에서 추방당한 검은 무당뿐이다. 딱 한 번, 열두 살 때 몰래 바닷가에 갔다가 어머니에게 들켜 크게 혼난 적이 있다. 검은 옷을 입은 사람이 물에서 나오는 모습을 봤다는 건 아무에게도 말하지 않았다.

내 말을 들은 조영인은 숨을 깊게 들이마시고는 천천히 내쉬었다.

[조영인] 어떤 이유로 이곳에서 바다를 죽음으로 규정했는지는 알 수 없지만 사실은 그 반대예요. 바다는 죽음이 아니라 생명 그 자체인걸요. 심해에 사는 해양 생물들은 생명력이 넘쳐요. 신비롭고 아름다운 모습으로 살아가죠. 바다는 우주와도 닮아 있어요.

[소　로] 영인은 바다에 대해 잘 알아요?

[조영인] 글쎄요. 잘 알지는 못해요. 좋아할 뿐이죠.

조영인은 바다를 좋아한다. 이곳 사람들은 바다를 두려워한다. 나는 이곳 사람이지만 바다를 두려워한 적이 없다. 마음껏 언덕을 내리 달리다 보면 어느새 바다가 눈에 들어와 파도치는 광경을 먼발치에서 바라보곤 했다. 다시금 바다에 가고 싶은 마음이 되살아났다.

[소 로] 영인에게 이곳의 바다를 보여 줄게요.

[조영인] 여기서는 금기라면서요?

[소 로] 난 규칙을 잘 지키는 애는 아니거든요.

조영인이 웃었다. 나도 덩달아 키득거리는데 노크도 없이 방문이 열렸다. 언니였다. 언니는 신당에서 막 돌아온 듯 채도가 낮은 주홍색 수행복을 입고 있었다.

언니의 화살

내일은 아버지가 깃들지 않은 자들의 마을에 간 날이다. 우리 행성에서는 가족 일원이 그곳으로 떠난 날, 남은 가족이 모여 경건한 시간을 보낸다. 조영인과의 대화에 빠져 오늘 언니가 온다는 걸 완전히 잊고 있었다.

"너 왜 웃었어? 깃든 이랑 얘기하고 있었지?"

언니가 다짜고짜 쏘아붙였다. 언니 왔어? 라는 인사말은 입안에서 스러졌다.

"어머니께 네 깃든 이가 아직 깨어나지 않았다고 했다며? 거짓말이었구나."

"무슨 소리야?"

"왜 시치미를 떼는지 모르겠지만, 네가 날 속일 수 있을 것 같아?"

"내가 언니를 속인다고? 그럴 이유가 있겠어? 걱정하지 마. 깃든 이가 깨어나면 가장 먼저 언니에게 알려 줄 테니까."

연기력을 최대치로 끌어올려 능청스럽게 말했다. 언니는 눈을 가늘게 뜨고 나를 훑어보다가 방문을 세게 닫고 나갔다. 나는 언니의 발소리가 들리지 않을 때까지 문에 등을 기댄 채 숨을 죽이고 있었다. 언니가 어머니에게 하는 말소리가 들리다가 서서히 잦아들자 다리에 힘이 빠졌다. 나는 바닥에 주저앉았다. 꿈과 현실의 경계에 있는 기분, 말로만 듣던 트랜스 상태에 빠졌다는 걸 알 수 있었다. 트랜스 상태는 초월적 의식 상태라고 부르기도 하는데, 이 상태가 되면 깃든 이와 좀 더 깊은 방식으로 소통할 수 있다. 나로서는 처음 겪는 일이라 당황스러우면서도 신비로웠다. 내 영혼이 조영인이 말한 자궁 같은 곳 — 부드럽고 따뜻하고 축축한 공간 — 을 떠다녔다.

기분 좋은 느낌도 잠시, 뜨거운 기운이 몸을 에워쌌다. 불기둥에 둘러싸인 듯 강한 열기였다. 의식 속을 유영하던 나는 그 자리에 멈췄다. 그리고 내 앞에 덩그러니 놓인 나무 의자에 앉았다. 등받이가 없는 작고 동그란 의자였다.

소　로　영인, 왜 그래요? 나한테 화났어요?

조영인　방금 내 존재를 부정했죠? 왜요? 내가 당신에게 깃든 게 부끄러워요?

[소 로] 아니, 그런 거 아니에요.

[조영인] 근데 왜 언니에게 거짓말했어요?

조영인의 추궁에 말문이 막혔다. 나의 깃든 이가 지구라는, 이름도 생소한 먼 행성에서 온 영혼이라고 말하면 무시당할 거라 지레짐작했다. 언니라면 분명 자신의 깃든 이와 비교하며 나를 깎아내릴 거라고.

[조영인] 내가 부끄럽냐고 물었어요!

조영인이 다그쳤다. 변명의 여지가 없었다. 나는 그의 존재를 숨겼다. 조영인의 입장에서는 존재를 부정당했다고 느낄 수 있는 상황이었다. 쉽게 대답하지 못하는 내게 그가 떨리는 목소리로 말했다.

[조영인] 나는 지워진 존재였어요. 당신에게서도 지워지고 싶지 않아요.

[소 로] 지워진 존재라니, 왜 그렇게 생각해요? 혹시 우주에서 떠돌던 시간 때문이에요?

조영인 아뇨. 그런 의미가 아니에요. 지구에서 난, 무당의 딸이란 걸 지우고 살아야 했어요. 우주여행이 가능한, 데이터로 영생을 누릴 수 있는 시대에 무속 신앙은 비과학적이고 고리타분하다고 여겨졌으니까요. 어쩌면 나 스스로 지우고 싶었는지도 몰라요. 나는 무당의 딸이라 불리고 싶지 않았거든요. 어떤 이는 부모의 직업으로 자신이 규정되는 것이 자랑스러웠을 수도 있어요. 난 솔직히 말하면, 부끄러웠어요. 엄마는 내 마음도 들여다볼 수 있었을까요? 열세 살 때 엄마가 나를 먼 친척 집에 보냈어요. 그 뒤로 엄마를 만난 건 손에 꼽힐 정도예요. 그때 내가 가지 않겠다고, 엄마랑 같이 살겠다고 했다면 우린 함께 지냈을 거예요. 엄마와 더 많은 추억을 만들 수 있었겠죠.

조영인이 서럽게 흐느꼈다. 무당의 딸이란 걸 지우고 살았다는 그의 이야기가 가슴에 시리게 박혔다. 나는 왜 깃든 이의 존재를 숨기려 했을까? 소중한 이를 나만 알고 싶다는 핑계를 내세웠지만, 언니에게 조롱받기 싫었던 게 사실이다. 나는 이제껏 언니와 다르다고 생각하면서도 언니가 하는 말에 좌지우지되었다. 나 스스로 언니에게 권위를 부여해 온 것이다. 이제 타인의 비난 따위 상관하지 않겠다. 더는 언니가 뱉은 말이 나를 휘두

르지 않도록. 방관하는 어머니에게도 상처받지 않겠다. 내 어리
석음으로 인해 나의 깃든 이를 아프게 해서는 안 된다.

 미안해요. 내가 생각이 짧았어요. 저녁 시간에 가족에게 말
할게요.
 고마워요. 소로.

트랜스 상태가 돌연 끝나고, 나는 조영인을 우리만의 방식으
로 감싸안은 채 방구석에 가만히 웅크렸다. 어둡게 가라앉았던
깃든 이의 영혼이 점점 밝게 부풀어 오르는 게 느껴졌다.

언니의 방문으로 평소보다 풍성한 식탁이 차려졌다. 깃들지
않은 자들의 마을로 떠난 이를 위한 날이었지만 언제나처럼 아
버지에 대한 언급은 없었다. 어머니는 언니 앞에 바지런히 요리
를 덜어 주었다.

"맛있어요, 어머니."

언니는 다부지게 먹었지만, 나는 먹는 시늉만 했다. 두 사람에
게 할 말이 속에 가득 차 도저히 음식을 삼킬 수가 없었다.

"어머니, 수행자들은 자기가 애착하는 물건을 하나씩 지니고
다닐 수 있어요. 저와 같은 방을 쓰는 아이는 허리춤에 늘 피리

를 차고 다녀요. 한가한 저녁이면 정원에 나가 피리를 분답니다.
구슬픈 소리가 들려오면 공연히 집이 그리워지더라고요."

"그래? 넌? 애착 물건이 있니?"

"저요? 전 그런 거 없어요."

거짓말이다. 언니의 애착 물건은 아버지의 활과 화살일 것이
다. 언니는 어머니의 기분을 맞추기 위해 종종 거짓말을 했다.

식사를 마치고 언니가 신당에서 가져온 차를 마셨다. 첫맛은
쌉쌀한데 들큼한 뒷맛이 입안에 남았다. 어머니는 큰딸 덕에 신
당의 밭에서 재배한 귀한 차를 마셔 본다며 기뻐했다. 나는 네
가 자랑스러워. 언니를 바라보는 어머니의 눈빛에 그런 말이 담
겨 있었다. 둘 사이에 끼어들고 싶지 않았지만 오늘은 할 말이
있다. 나는 찻잔을 내려놓고 목을 가다듬었다.

"어머니, 저 드릴 말씀이 있어요."

"뭔데?"

언니가 어머니보다 먼저 물었다. 어머니도 눈을 크게 뜨고 나
를 쳐다봤다. 셋이 모인 식탁에서 내가 먼저 말을 꺼내는 일은
극히 드물었으니까.

"언니 말이 맞아. 내 깃든 이는 깨어났어."

"그럴 줄 알았어. 어떤 영혼이길래 숨기려고 한 거야?"

완전히 무시하는 말투였다. 어머니는 아무 말도 없었다. 나는

찻잔 바닥에 가라앉은 태아 모양의 잎을 가만히 내려다보다가
말했다.

"지구라는 외계 행성에서 온 영혼이야."

"뭐? 너 지금 지구라고 했어?"

"응."

"정말 지, 지구에서 온 영혼이 깃들었다고? 너한테?"

언니는 말까지 더듬으며 손가락으로 나를 찌를 듯 가리켰다.

"그렇지 않으면 내가 지구라는 행성을 어떻게 알겠어?"

"말도 안 돼. 소로에게 지구에서 온 영혼이 깃들다니."

얼굴이 창백해진 언니가 방으로 들어가 버렸다. 어머니는 걱
정스러운 얼굴로 언니를 따라갔다. 방문을 두드리자 언니는 잠
깐 현기증이 난 것뿐이라며 어머니를 안심시켰다. 그래도 불안
한 듯 어머니는 언니 방 앞을 서성이다가 식탁으로 돌아왔다. 혹
시 내게 무언가를 묻지 않을까. 어머니를 향해 몸을 기울였지만
아무 일도 일어나지 않았다. 깃든 이에 대한 이야기는 그걸로 끝
이었다. 두 사람에게 축하한다는 말을 기대한 건 아니었다. 하지
만 어머니라면 뭔가 말해 줄 줄 알았다. 타인에게 휘둘리지 않
겠다는 어제의 다짐이 무색하게 서글픈 마음이 들었다.

"어머니, 저도 방에 들어가 볼게요."

그제야 어머니가 고개를 돌려 나를 바라봤다.

“그래. 귀한 차니 마저 마시고 가려무나.”

나는 찻잔을 들어 찻잎까지 마셨다. 목구멍으로 이파리가 넘어갈 때 껄끄러운 느낌이 들었지만 개의치 않았다. 내 방으로 돌아와 침대에 누웠다. 먹은 것도 없이 차만 마셔서 그런지 배 속에서 꾸르륵 소리가 났다. 눈을 감고 언니의 반응을 떠올렸다. 언니는 내게 깃든 이가 지구에서 왔다는 말을 듣고 몹시 당황했다. 겁에 질린 것처럼 보이기도 했다. 언니는 지구에 대해 뭔가 알고 있는 걸까? 언니 방에 가서 물어볼까? 아니, 언제부터인지 몰라도 언니와 얘기해서 끝이 좋았던 기억은 없었다. 그나저나 조영인이 가족의 반응에 상처받지 않았을까 걱정이 되었다.

소 로 영인, 미안해요.

조영인 소로가 미안할 일이 뭐 있어요. 먼 행성에서 온 영혼이 깃드는 건 드문 일이라면서요. 그럴 수 있죠.

일흔 살까지 살았고, 영혼으로 아주 긴 세월을 지내서일까. 아니면 본래 성품이 그런 것일까. 조영인의 이해심은 나와는 비교할 수 없이 넓었다.

조영인 우리 바다 보러 갈래요?

얼마간의 시간이 지나고 조영인이 물었다. 그의 영혼이 푸른 바다처럼 물결쳤다.

 바다를? 지금요?

 네, 지금.

나는 일어나 창밖을 내다봤다. 바깥은 완전한 어둠이 드리웠다. 밤의 바다는 한 번도 본 적이 없었다.

 밤바다가 얼마나 아름다운데요. 소로가 무섭지 않다면 가요. 가고 싶어요.

짧은 순간, 밤바다의 심상이 머리를 스쳤다. 반짝이는 별, 검고 잔잔한 물결, 바위에 부딪힌 파도가 만드는 하얀 거품.

 무섭지 않아요. 너무 멋진걸요.

다들 잠이 든 것일까. 집 안은 고요했다. 설렘으로 뛰는 심장을 가라앉히며 밖으로 나왔다. 뒤뜰에서 이어진 숲으로 들어가는데 공터에서 소리가 났다. 휘이익, 바람을 가르는 소리 뒤에 이어지는 탁, 하는 울림. 언니가 활을 쏘고 있었다. 나는 나무 뒤로 몸을 숨겼다. 언니는 활쏘기에 집중하느라 내가 가까이 있다는 것조차 알아차리지 못했다.

휘이익, 탁!

또 한 발의 화살이 나무 옹이 한가운데 정확히 꽂혔다. 홀린 듯 언니를, 언니의 화살을 바라봤다. 활시위에 눌린 인중 위로 흘러내리는 눈물 줄기가 달빛에 반사되어 희미하게 빛났다. 언니는, 울고 있었다. 바닷가에 가려면 공터를 지나야 한다. 나무 사이로 간다고 하더라도 인기척이 날 것이다. 나는 우는 언니와 마주치고 싶지 않았다. 아쉽지만 밤바다는 다음 기회에 보기로 하고 조용히 뒤돌아 집으로 들어왔다.

침대에 누운 채 고요한 밤바다와 화살이 꽂힌 나무, 눈물이 흐르던 언니의 뺨을 떠올렸다. 언니는 왜 울었을까.

조영인 소로는 언니와 어떤 사이예요? 언니에 대해 말해 줘요.

조영인이 나지막한 목소리로 물었다. 나는 언니와 어떤 사이 일까. 쉽게 대답할 수 없었다.

소 로 저랑 언니는요……

　언니의 이름은 해티. 언니는 나보다 14개월 먼저 태어나 연년 생이었지만 친구처럼 편한 관계인 적은 없었다. 내 기억이 시작되는 세 살 무렵부터 언니는 나랑 비교할 수 없이 빼어난 사람이었다. 어릴 때도 덤벙대거나 실수하는 일이 좀처럼 없어 주변에서도 야무지다는 평가를 받았다. 학교에서도 마찬가지였다. 하고자 하는 일은 반드시 해냈고 누구에게도 지지 않았다. 노력도 했지만 운도 따랐다. 곁에서 보기에 얄미울 정도였지만 싹싹한 성격에 외모도 단정해서 미워하거나 싫어하는 사람이 없었다. 다만 언니가 미워하는 사람은 있었다. 바로 나였다. 언니를 동경하고 좋아했던 나는 언제부턴가 언니가 동생인 나를 미워한다는 사실을 알았다. 그때부터 나도 언니를 미워했다. 나를 싫어하는 사람을 좋아할 수는 없었다. 다만 이유가 궁금했다. 모든 것을 가진, 엄마의 사랑마저 독차지한 언니가 왜 나를 싫어하는 걸까. 자기보다 열등한 종자에 대한 혐오일까. 자기는 뭐든지 잘하는데 나는 실수투성이라서? 남들에게 자랑할 만한 동생이 아니어서?

　자신의 깃든 이를 받아들이기 며칠 전 언니가 내게 말했다.

　"내게 깃들 이는 무당일 거야. 난 알 수 있어. 그러면 신당에 가야 하는데 어머니가 걱정이야. 너랑 둘만 남게 될 텐데 너는 어머니를 기쁘게 하는 딸이 아니잖아."

　나는 나더러 어쩌라는 거냐고, 어머니가 나를 멀리하는 건 하루 이틀 일이 아니고, 내가 특별히 무언가를 잘못하지 않아도 그저 언니처럼 완벽하지 못하다는 이유로 차별받은 건데 그걸 내 탓으로 돌리려는 거냐며 울었다. 언니는 내게 싸늘한 시선을 보냈다.

　"어머니는 너를 차별한 게 아니야. 늘 너를 지키려고 전전긍긍하셨지."

　"지켜? 무엇으로부터?"

　"그건 나도 몰라. 내가 물어도 말해 주지 않았으니까."

　나는 언니의 말에 동의할 수 없었다. 어머니는 언제나 나를 멀리했다. 지켜보는가 싶다가도 내가 다가가면 딴 일을 하는 척했다. 언니처럼 나를 미워하는 것 같지는 않았다. 그렇지만 언니가 내게 모질게 굴 때도 말리지 않고 가만두는 걸 보면 어쩔 수 없이 서운한 마음이 들었다. 언니는 의기양양해져서 나에 대해, 내 행동의 결과에 대해 판단을 내렸다. 내가 아는 언니는 독단적이고 강인했다. 그런 언니가 울다니, 내 눈으로 보고도 믿기 힘들었다.

*

창밖에서 새소리가 들렸다. 누운 채 기지개를 켰다. 어젯밤 잠을 설쳐 머리가 무거웠다. 조금 있으면 언니가 신당으로 돌아갈 것이다. 일어나야겠다고 생각만 하는데 문밖에서 언니의 목소리가 들렸다.

"잠깐 나와."

손가락으로 머리를 대충 빗으며 문을 열었다. 언니가 표정 없는 얼굴로 말했다.

"공터로 나와. 얘기 좀 하자."

앞장서는 언니를 따라 공터로 나갔다. 언니는 어제 활을 쏘던 자리에서 나를 노려봤다. 달빛 아래서 울던 언니가 지금 무표정하고 차가운 얼굴을 한 언니와 겹쳐지면서, 마치 서로 다른 두 사람을 보는 것 같았다.

"무슨 얘기?"

"너 진짜 지구인이 깃들었어?"

"몇 번이나 확인해야 해? 믿고 싶지 않으면 믿지 마."

"안 돼. 이건 말도 안 돼."

"도대체 무슨 말이 하고 싶은 건데? 지구인의 영혼이 특별한 이유라도 있어?"

내 물음에 언니의 눈동자가 잠시 흔들렸다.

"그럴 리가 있겠어? 아무튼 넌 신당 근처에도 오지 마."

언니가 서툴게 쏘아붙이고는 돌아서 갔다. 무언가를 감추는 것이다. 매번 이런 식으로 넘어갈 수는 없다. 특히 그것이 나의 깃든 이에 관한 것이라면. 나는 언니를 쫓아갔다.

"기다려! 언니!"

언니는 못 들은 척 집으로 뛰어가 방으로 들어가려 했지만 내가 더 빨랐다. 나는 언니를 앞질러 방문을 막아섰다.

"말해. 지구인의 영혼에 관심을 갖는 이유가 뭐야?"

"관심 가진 적 없어."

"날 불러내서 얘기하자더니 정작 아무 얘기도 안 했잖아."

"넌 신당에 오지 말라고. 할 말은 그게 다였어."

그때 어머니의 방문이 열렸다. 어머니는 부드러운 목소리로 물었다.

"해티, 짐은 다 꾸렸니?"

언니는 나를 밀치고 방으로 들어갔다. 나도 내 방으로 들어왔다. 작은 창이 있는 방이 무척 답답하게 느껴졌다.

조영인　너무 상심하지 말아요.

조영인이 나를 위로해 주었다.

 언니가 왜 저러는지 모르겠어요. 다른 행성의 영혼이 깃들었
다는 걸 들어 본 적이 없기도 하지만, 언니는 그곳이 지구라
는 데 더 놀란 것 같아요. 신당과 지구는 무슨 관계가 있는 걸
까요?

 글쎄요. 내가 답을 알려 줄 수 있으면 좋을 텐데요. 난 지구에
서 평범하게 살다 우주 미아가 된 영혼일 뿐이라 아는 게 없
네요.

 괜찮아요. 영인 탓이 아닌걸요. 내가 알아야 하는 일이라면
알게 될 거예요.

언니는 이른 아침을 먹고 신당으로 떠났다. 내키지 않았지만
문 앞에서 어머니와 같이 배웅했다. 어머니는 언니의 뒷모습이
사라질 때까지 눈으로 좇았다. 언니의 몸집보다 커다란 배낭 속
에 활과 화살이 들어 있다는 걸 어머니도 알 수 있겠다는 생각
이 문득 들었다.

어머니의 편지

언니가 신당으로 돌아가고 며칠 동안 고요한 나날을 보냈다. 어머니가 차려 준 밥을 먹고, 식사가 끝나면 내가 설거지와 뒷정리를 했다. 평소와 다름없었지만 조금 달라진 게 있다면 어머니의 한숨이 늘어났다는 점이었다. 그 한숨은 언니의 부재에서 온 걸까, 혹은 나와 둘만 있게 되어 불편해서일까. 수행자가 되어 떠나기 전, 어머니가 걱정이라던 언니의 말이 떠올랐다.

조영인) 오늘은 밤바다를 보러 가요.

조영인이 속삭였다. 내가 그의 생각을 읽지는 못하지만 감정만큼은 어렴풋이 느끼는 것처럼 그도 마찬가지일 것이다. 그러자고 대답하려던 내게 한 가지 생각이 떠올랐다. 이 집을 떠난다면? 홀가분해하는 어머니를 굳이 상상하고 싶지는 않았다. 그저 나도 독립할 때가 왔다고 여길 뿐이다. 조영인과 함께라면 어디서든 살아갈 수 있겠다는 자신감도 있었다.

> [소 로] 영인, 우리 이 집을 떠나요.
> [조영인] 떠나요? 어디로 가려고요?
> [소 로] 어디든지요. 일단 바다를 보러 가서 생각해 볼 거예요.
> [조영인] 그건 너무 위험하게 들리는데요. 계획 없이 큰일을 결정하는 건 좋지 않아요.

확 끓어오르던 감정이 누그러졌다. 조영인의 말대로다. 독립하기 위해서는 자신감과 더불어 계획이 필요하다. 내 나이의 여자가 특별한 기술 없이 부모의 곁을 떠나려면 결혼하거나 신당의 일꾼으로 가는 방법뿐이다. 당연히 결혼할 남자는 없다. 신당으로 가는 건 언니 때문에 썩 내키지 않지만, 무당과 일꾼이 마주칠 일은 많지 않을 것이다. 일꾼은 차 밭을 경작하고, 무당들의 옷을 세탁하며, 음식을 준비하는 일을 하는데, 일손이 항상 부족하다고 들었다. 어머니도 내가 신당에서 일하겠다고 하면 반길지 모른다. 언니는 나에게 신당 근처에도 오지 말라고 했지만 상관없다.

 더 나은 방법이 생길 때까지 신당에서 일하는 게 좋겠어요.
급료를 모아 내가 하고 싶은 일을 할래요.

 소로는 무슨 일이 하고 싶은데요?

 연구요. 영인이 온 우주가 어떤 곳인지, 태양계는 어떤 모양
인지, 지구는 어떤 행성인지, 그런 것들을 알고 싶어요.

 신당에서 일하는 건 고되겠지만 소로가 원한다면 난 찬성이
에요.

 고마워요, 영인.

나는 욕실로 가 몸을 씻었다. 어머니가 데워 놓은 나무통 안
의 물은 아직 따뜻했다. 공연히 목이 메었지만 울지 않았다. 몸
을 정갈히 한 뒤 수건으로 머리를 말리고 어머니의 방문을 두드
렸다.

"어머니, 드릴 말씀이 있어요."

어머니는 굳은 얼굴로 방에서 나와 식탁에 앉았다. 나도 그
앞에 마주 앉았다.

"차 좀 줄까?"

무슨 이유인지 어머니의 목소리가 떨렸다.

"아뇨, 어머니……."

이 집을 떠나려 한다는 말이 쉽게 나오지 않아 입안에서 말

을 굴렸다. 힘내요, 소로. 조영인의 격려에 나는 단숨에 말할 수 있었다.

"저, 이 집을 떠나려고 합니다."

어머니는 놀라지 않고 담담하게 대답했다.

"그래. 이런 날이 올 줄 알고 있었다. 지난겨울, 네가 지구에서 온 깃든 이를 받아들였을 때부터."

지난겨울이면 깃든 이가 깨어나지도 않았을 때다. 무엇보다 나는 어머니에게 깃든 이가 겨울에 왔다는 사실을 말한 적이 없다.

"어머니가 어떻게 그걸……?"

"내 입으로 말해 주기에는 너무 벅차구나. 오늘을 위해 내가 준비해 둔 게 있단다."

어머니는 떨리는 손으로 안주머니를 더듬었다. 그리고 봉투를 꺼내 내게 건넸다. 인장으로 단단히 봉인된 봉투였다.

"미안하다, 소로. 네게 미안한 게 많아. 나를 이해해 달라는 뜻은 아니다. 다만 너도 진실을 알아야 할 때가 온 거야."

"어머니……."

나는 어머니의 얼굴을 똑바로 바라봤다. 이렇게 마주 보는 게 얼마 만인지. 어머니는 인자한 미소를 머금었지만, 그 미소에는 슬픔이 어려 있었다.

“떠나지 말라는 말은 하지 못하겠구나. 부디 네가 해답을 찾기를 바란다.”

어머니의 표정에서, 목소리에서 진심이 느껴졌다. 불현듯 나는 떠나야 할 운명이었음을 깨달았다.

작은 배낭에 어머니가 준비해 준 간식과 물을 넣고, 속옷과 양말을 챙겨 집을 나섰다. 어머니는 내 손을 꼭 잡고 몸조심하라는 말을 몇 번이나 반복했다. 어머니도 건강하세요. 어머니를 끌어안고 작별 인사를 나눴다. 사랑한다는 말은 차마 나오지 않았다.

마을 어귀를 벗어나자 내리막길이 나타났다. 마을보다 낮은 지대에 있는 바다가 가까워졌다는 의미다. 나무 그루터기에 앉아 품 안에 넣었던 봉투를 꺼냈다. 인장을 뜯고 반듯이 접힌 편지지를 펼쳤다.

내 딸 소로,

네 열일곱 생일을 맞아 이 편지를 쓴다. 네가 이 편지를 읽는다는 건 운명의 날이 다가왔다는 뜻이겠지.
14년 전, 네가 세 살일 때 어떤 무당이 집에 찾아왔어. 긴 머리를 한쪽으로 땋은 키가 큰 무당이었지. 느닷없이 나타난 그는, 너를 데려가 기르고 싶다고 했어. 당연히 나는 안 된다고, 무슨 말도 안 되는 소리냐고 화를 냈지. 미친 사람 취급하며 쫓아내려 했어. 그랬더니 그가 무릎을 꿇고 자기 사연만이라도 들어 달라고 빌었어. 나는 앞마당에서 노는 해티와 너를 방에 들여놓고 그의 이야기를 들었어.

그는 검은 무당이었어. 바닷가에서 혼자 살고 있다고 했지. 나도 그의 이야기는 들은 적이 있었어. 살아 있는 사람에게서 영혼을 분리하려다 신당에서 추방당한 무당의 이야기는 그때 우리 마을을 떠들썩하게 할 만큼 화제가 되고 있었으니까. 나는 그에게 왜 너를 데려가려 했느냐고 물었지. 그가 말한 사연 ― 예언이라고 해야겠다 ― 은 충격적이었어.

네가 열일곱 살 되는 해, 너에게 지구에서 온 영혼이 깃들게 된다는 예언이었어. 그것만 듣고는 무슨 의미인지 알 수 없었지. 그때 나는 지구가 행성의 이름이라는 것조차 몰랐으니까. 검은 무당은 내게 예언을 설명하기 위해 '신성한 아이'에 대해 말해 주었어. 신당의 무당들만 아는, 신화의 이면에 감춰진 진실을.

너도 신성한 아이 신화는 알고 있을 테지. 우리 별에 사람이 살지 않던 시절, 거대한 콩깍지에 싸여 우주에서 떨어진 아이의 이야기. 그 아이는 생명을 잉태하고 있었는데 쌍둥이였고, 그들이 우리의 조상이 되었다는 내용이잖아. 그런데 신성한 아이는 단순히 건국신화 속 존재가 아니었어. 신성한 아이는 신이 아니라 지구에서 온 사람이래. 거대한 콩깍지는 하늘보다 더 먼 우주를 이동하기 위한 탈것이고. 지구라는 곳에서 어떻게 여기까지 오게 되었는지 자세한 경위도 설명해 주었는데 과학에 무지한 내가 이해하기에는 어려운 내용이었어.

요는 네가 열일곱에 지구에서 온 깃든 이를 받아들이고, 신성한 아이와 엮일 운명이라는 거였어. 그로 인해 네가 죽음에 이르게 될 거라고.

물론 절대로 말해선 안 된다는 단서가 따랐어. 나도 누군가에게 말할 생각은 없었어. 네 아버지도 의지할 수 있는 사람은 아니었고. 아무에게도 말할 수 없는 무서운 비밀을 나 혼자 감당하는 일은 쉽지 않았어.

그 예언은 내 삶을 송두리째 바꿔 놓았다. 난 줄곧 두려움에 떨었어. 깜깜한 벽을 바라보는 기분이었어. 내게 예지력이라고는 전혀 없었으니까. 나의 깃든 이는 나만큼 평범한 사람이었고 나와 결이 비슷한 사람이라 늘 감사했는데, 그때 처음으로 깃든 이가 원망스러웠어. 검은 무당이 너를 데려가도록 두진 않았지만 너를 살리기 위해 내가 할 수 있는 일이 없다는 게 몹시 무력하게 느껴졌지. 게다가 네 아버지가 떠난 뒤로는 너희의 생계까지 책임져야 했어. 하루하루 시간이 가는 게 너와의 이별을 의미하는 것 같아 숨이 막혔다.

미안해. 마음의 무게에 짓눌려 네게 따뜻하게 대하지 못한 걸. 알면서도 너와 눈이 마주치면 눈물이 터져 나올까 봐, 예언을 말해 버릴까 봐 겁이 났단다. 나는 겁쟁이였어.

네 언니, 해티에게도 미안한 게 많아. 모든 일에 최선을 다하는 그 애를 칭찬하며 한편으로 지나치게 의지했어. 해티가 너에게 모질게 대한 건 나 대신 너를 가르쳐야 한다고, 다그쳐야 한다고 생각해서가 아닐까. 그래도 중재하지 못한 건 내 잘못이지. 그건 부정할 수 없다.

이제 너를 보내며 내가 할 수 있는 건 무릎 꿇고 기도하는 일뿐이야. 네가 무사하도록, 검은 무당이 말한 예언이 틀리도록. 너를 다시 만날 수 있도록.

우리가 다시 만난다면 그때는 너의 눈을 보고 말할게.

사랑해, 내 딸 소로.

바다를 향해, 눈물을 흘리며 걸었다. 흐르는 눈물을 닦지 않았다. 눈물이 그치지 않으니 닦아도 소용없는 일이었다. 어머니는 지난 세월 동안 무거운 예언을 가슴에 품고 살았다. 예언대로라면 나는 머지않은 미래에 죽는다. 죽는다는 것이 두렵진 않았다. 그보다는 실감이 나지 않는다고 해야 할 것이다.

죽음보다 더 서러운 건 우리의 과거였다. 어머니와 나는 각자의 고뇌를 품고 살았다. 어머니는 비극적인 딸의 운명에 짓눌리며, 나는 두 딸 가운데 나만 외면하는 어머니에게 한없는 박탈감을 느끼며. 억지로 눌러야 했던, 갈구할 수 없었던 사랑. 목구멍에서 절규가 터져 나왔다. 주저앉아 얼굴을 감싸고 울었다. 조영인은 내 안에 고요히 침잠해 있었다. 나도 그를 가만히 두었다. 나의 운명에 대해 자기 탓이라고 생각하기를 원하지 않음에도 그를 달래 줄 여력이 없었다. 한참을 울고 일어나니 배 속이 뻥 뚫린 것처럼 허전했다. 가방에서 호밀빵을 꺼내 잘근잘근 씹으며 걸었다. 어머니가 편지에 적은 내용만으로는 알 수 없는 것들이 많았다. 검은 무당을 만나야 했다. 예언에 대해 더 알아야 했다.

드디어 바다가 눈앞에 나타났다. 나는 달리기 시작했다. 한 발 한 발 땅을 박찰 때마다 덜컹이는 배낭이 등허리에 세게 닿아 나를 내려치는 듯했지만 상관없었다. 한시라도 빨리 바다를 보고 싶었다. 내리막길을 달리는 동안 귓가에 쉭쉭 바람이 스쳤다. 함성을 지르며 언덕을 내달렸다. 가슴에 고여 있는 감정을 마음껏 토해 냈다. 풀밭이 사라지고, 발아래 고운 모래사장이 펼쳐졌다. 발바닥에 닿는 모래의 감촉. 까끌까끌하면서도 부드러운 작은 알갱이들.

밤바다가 나를 맞아 주었다. 나는 그 자리에 우뚝 멈춰 섰다. 우리를 위로하는 듯 환한 보름달이 바다 위에 떠 있었다. 달빛이 검고 잔잔한 바다 위에 하얀 길을 만들었다.

[조영인] 바다를, 다시 볼 수 있을 줄 몰랐어요.

조영인이 떨리는 목소리로 말했다. 내 목소리도 덩달아 떨려 나왔다.

[소 로] 밤바다가 이토록 아름다운 줄 몰랐어요.

쏴아아, 바위에 부딪히는 파도 소리가 들렸다. 나는 불어오는 바람에 실린 바다 냄새를 들이마셨다. 신발을 벗어 들고 육지와 바다가 맞닿은 곳, 젖은 모래사장을 걸었다. 파도가 밀려와 발등을 간지럽히는 촉감이 낯설면서도 좋았다. 그늘진 마음에 은은한 달빛이 스며들었다. 조영인이 허밍으로 노래를 불렀다. 들어본 적은 없지만 친근한 느낌이 드는 음조였다. 나도 그를 따라 화음을 넣듯 낮은 소리로 허밍 했다.

내게 조영인이라는, 지구에서 온 영혼이 깃든 건 행운이다. 지금도 그 생각에는 변함이 없다. 아무리 불운한 예언이 내려졌다 하더라도 내 힘으로 뛰어넘을 수 있는 지점이 있다면 찾아낼 것이다. 운명이 원하는 대로 죽진 않겠다.

달도 구름에 가려 사라지고, 바다에는 깊은 어둠이 내려앉았다. 그래도 나는 물과 육지의 경계를 따라 걷기를 멈추지 않았다. 해안을 따라 걷다 보면 행성을 한 바퀴 돌 수도 있겠다고 생각했다. 그러나 곧 우리 앞에 검은 바위 숲이 윤곽을 드러냈다. 파도에 풍화되어 울퉁불퉁해진 바위가 어쩐지 친근하게 느껴졌다. 나는 차가운 바위 위에 누웠다. 짙은 남색 하늘에 별들이 박혀 반짝였다. 별에 영혼이 있다면 조영인 같은 사람에게 깃들 거라고 가만히 생각했다.

2부

잠들 수 없는 밤이었다.

조영인도 깨어 있었다. 어둠과 침묵 속에서도

깃든 이가 함께한다는 사실은 커다란 위안이 되었다.

검은 무당

바닷가를 둘러싼 바위 숲을 지나가자, 도마뱀을 닮은 바위가 나타났다. 기억에 남아 있는 바위였다. 바닷가에 왔을 때 봤던 검은 옷을 입은 사람은 이 바위 근처에서 사라졌었다.

조영인 여기, 동굴이 있어요.

조영인 말대로 도마뱀의 머리라고 할 수 있는 부분에 입을 벌린 모양인 해안 동굴이 있었다. 동굴 입구에는 길쭉한 돌탑이 세워져 있었다. 주변을 감도는 엄숙한 기운. 검은 무당이 사는 곳임을 직감했다. 그를 만난다. 14년 전 나를 데려가려 했던 사람, 어머니에게 족쇄 같은 예언을 한 사람을.

"어서 오렴."

동굴 안에서 검은 옷을 입은, 키가 큰 사람이 나왔다. 검은 무당이었다. 어둠 속에서도 눈동자는 밝게 빛났고 눈매는 짙고 깊었다. 얼기설기 땋은 머리는 허리춤까지 내려왔다.

그를 본 순간, 나는 본능적으로 돌아서서 달아났다. 달아날 이유가 없다고 생각하면서도.

고운 모래사장에 발이 푹푹 빠져 마을에서만큼 빨리 달릴 수가 없었다. 박자를 잃고 휘청거리다가 돌부리에 걸려 기어이 넘어졌다. 모래 알갱이들이 무릎에 콕콕 박혔다.

"소로, 소로!"

검은 무당이 내 이름을 부르며 쫓아왔다. 그래, 저 사람은 내 이름을 알고 있겠구나. 나는 아랫입술을 꽉 깨물고 내 몸을 감출 커다란 바위 뒤에 숨었다. 조영인이 나를 달래듯 말했다.

[조영인] 소로, 갑작스러운 만남에 놀랐죠? 하지만 피하는 건 좋은 방법이 아니에요.

[소　로] 제가 어떻게 해야 할까요?

[조영인] 일단은 만나서 이야기를 들어요. 회피하면 아무것도 해결할 수 없으니까.

그렇다. 나는 진실을 알기 위해 이곳에 왔다. 하지만 쉽게 몸을 일으킬 수 없어 가만히 웅크리고 앉아 있었다. 달빛이 드리운 바위 그림자를 보고 있는데 내 앞에 또 다른 그림자가 드리웠다. 검은 무당이었다. 그가 허리를 구부려 낮고 쉰 목소리로 말했다.

"기다리고 있었단다."

"제가 올 걸 알고 있었어요?"

"때로는 저절로 보이는 것들이 있단다. 동굴로 돌아가자."

나는 고개를 끄덕였다. 신기하게도 증오심은 들지 않았다.

검은 무당을 따라 동굴 안으로 들어갔다. 동굴을 밝히는 촛불 때문일까. 단단한 암석으로 된 동굴 안에서 온화한 분위기가 배어 나왔다.

"거기 앉으려무나."

검은 무당이 내주는 주홍색 방석을 깔고 앉았다. 그는 말없이 내 무릎의 상처를 치료해 주었다. 무릎에 약초를 올리고 붕대를 감은 뒤 화로에 올려진 주전자에서 차를 따라 건넸다.

"이걸 마시면 몸이 따뜻해질 거야."

낯선 이의 집에 온 것도, 낯선 어른과 만나 얘기하는 것도 처음이었다. 약간은 어색하고 긴장되었지만 불편한 정도는 아니었다. 나는 따뜻한 차를 한 모금 마셨다. 그도 잔에 차를 따라 호로록 소리를 내며 마셨다. 언니가 신당에서 가져온 차처럼 씁쓸하면서 들큼했다. 무슨 말부터 꺼내야 할지 몰라 입술만 깨무는데 그가 입을 열었다.

"너, 내가 누구인지 알고 있지?"

"검은…… 무당요."

"그래. 마을 사람들은 나를 검은 무당이라고 부르지. 내 이름
은 무하야."

"알고 계시겠지만, 제 이름은 소로예요."

"그리고 네게 깃든 이는 지구에서 온 영혼이고."

"네."

오늘은 밤이 늦었구나. 자신을 무하라고 소개한 검은 무당이
중얼거렸다. 나는 지치고 피곤했지만 정신은 어느 때보다 맑았
다. 밤을 새워서라도 이야기를 듣고 싶었다.

"예언에 대해 듣고 싶어요. 어머니가 주신 편지를 읽었지만 궁
금한 게 많아요. 어째서 우리 집에 왔던 거죠?"

"그래, 궁금한 게 많겠지. 하나씩 얘기해 보기로 하자."

"설마 어머니가 저를 포기할 거라고 생각했나요?"

무하가 가만히 고개를 저었다. 나는 더욱 조바심이 났다.

"그런데 왜? 왜 그런 거예요? 검은 무당 당신 때문에, 어머니
는 나를……."

그가 어머니에게 예언을 알려 주지 않았다면 우리는 운명을
모르는 자의 행복을 느끼며 살았을 것이다. 나는 어머니와 충분

히 교감하며 지낼 수 있었을 것이다. 감정이 북받쳤다. 내 앞에 있는 이가 나쁜 사람 같지 않아서 가슴속에 고인 원망이 갈 길을 잃었다.

"쉬, 울지 마. 울지 마라, 아이야."

무하가 내게 수건을 건넸다. 낡았지만 청결한, 햇빛 냄새가 배어 있는 수건이었다. 그걸 손에 꼭 쥐고 눈물을 닦았다.

"미안하다. 그때 나는 지금의 너와 같은, 열일곱이었어. 다른 사람의 입장까지는 생각하지 못한 채 내가 세상의 중심인 듯 행동하면서도 그런 줄 모르는, 어리석은 애송이였지. 사랑하는 사람을 잃고 제정신이 아니었던 나는, 우리와 운명으로 엮인 아이를 봐야만 했다. 너희 집에 가서 너를 억지로라도 데려가려 했다. 하지만 네 어머니의 눈을 본 순간, 내가 틀렸다는 걸 알았지."

"그런데도 굳이 예언을 말했어야 했나요?"

무하는 고개를 숙인 채 일렁이는 촛불을 바라봤다. 침묵이 길어졌다.

"잘 이해할 수 없겠지만 예언은 반드시 말해져야 한단다. 그러나 넌 예언을 듣기에는 너무 어렸지. 어머니에게 전하는 것이 그때는 최선이었어. 너도 내가 마을에서 추방된 걸 알고 있지?"

"네."

"왜 추방되었는지도 알아?"

"대충은요."

"말해 보려무나."

나는 선뜻 입을 열지 못했다. 좋은 일도 아닌데 들은 대로 말해도 될지 망설여졌다.

"괜찮아. 내 이야기가 어떻게 전해지는지 궁금해서 그래."

"살아 있는 사람의 영혼을 몸에서 분리하다가 신당에서 추방당했다고 들었어요."

"그래. 그랬지."

나는 약간 놀랐다. 소문은 원래 부풀려지는 경향이 있으니 사실이 아닐 수도 있다고 생각했다. 그런데 무하가 인정했다. 산 사람의 영혼을 분리한다는 건 육체의 죽음을 의미하므로 자신이 살인을 저지르려 했음을 인정하는 것과 다름없는데도.

"지금부터 네가 듣고 싶은 이야기를 하려 한다. 긴 밤이 될 것 같구나."

나는 방석 위에서 무릎을 당겨 감싸안았다. 이야기를 들을 준비는 되어 있었다.

"내게는 평생을 함께할 거라 믿었던 사람이 있었다. 그 사람의 이름은 지제. 소꿉친구였던 우리는 남들보다 이른 나이인 열다섯에 깃든 이를 받아들였어. 놀랍게도 둘 다 무당의 영혼이었고, 함께 신당으로 떠날 날을 기다리며 마냥 행복해했다.

지제의 예지 능력은 워낙 강했고, 나에게도 예지 능력이 있었으니 당연히 둘 다 예지 무당이 될 거라고, 헤어지지 않을 운명이라 확신했지. 이듬해 신당에 갈 때도 마차를 타고 손을 꼭 잡고 갔어. 지제가 내 어깨에 머리를 기댔지. 곱슬곱슬한 머리카락이 볼을 간질였고 코에 닿을 때면 재채기가 나올 것 같았지만 그 느낌마저 귀하디귀해 도착할 때까지 얼어 버린 것처럼 가만히 있었어.

신당에 들어가자마자 지제는 예지 무당이 되었지. 반면 난 여러 차례 시험을 봐야 했어. 내게 깃든 무당은 예지력과 더불어 영을 분리하는 능력도 갖고 있기 때문이었지. 결국 나는 분리 무당이 되었어. 둘 중 영혼을 분리하는 능력이 더 강하다는 이유였지.

신당은 철저한 계급제로 운영되고 있어. 그놈의 계급이 뭔지, 우리는 서로 다른 숙소에서 지내야 했어. 같은 공간에 있는데도 벽으로 막혀 만날 수 없다는 건 우리에게 고문과 같은 일이었어. 내 몸의 일부가 잘려 나간 것처럼 아파서 이유 없는 열병이 찾아오곤 했단다.

우리는 일주일에 단 한 번, 월요일 오전 열리는 전체 기도 시간에만 만날 수 있었어. 기도실에서도 계급에 따라 다른 자리에 앉아야 했지. 기도 시간이 끝나고 두 줄로 서서 강당을 나갈 때 줄이 교차하는 잠깐의 틈을 타 우리는 한 주 동안 쓴 일기를 몰래 주고받았어. 나는 수척해진 그 애의 얼굴을 보며 가슴이 찢어지는 고통을 느꼈지.

우리의 일기는 서로에 대한 그리움으로 빼곡하게 채워졌어. 다른 사람들이 잠든 시간, 나는 그 애의 일기를 읽고 또 읽으며 울었어. 그래도 버틸 수 있었어. 일주일에 한 번 그 애를 스치듯 만나는 것만으로도, 동글동글한 글씨체로 쓰인 그 애의 마음과 나에 대한 사랑을 읽는 것만으로도 살아갈 수 있다고 생각했어. 하지만 언제부턴가 그것만으로는 부족했어. 그 애의 가까이에서 체온을 느끼고, 곱슬거리는 머리카락을 만지고 싶었어. 무엇보다 그 애의 웃는 얼굴을 보고 싶어 견딜 수가 없었어.

신당에 들어간 지 1년이 지났을 때, 나는 과감한 일을 벌이기로 했어. 발단은 그 애의 일기장에 적힌 문장이었어. '무하, 널 만나고 싶어. 네 얼굴을 쓰다듬고 싶어.' 나는 반쯤 미친 상태로 그 애를 만날 방법을 궁리했어. 신당은 어디에나 감시하는 눈이 있었어. 다른 사람들에게 들키지 않고 지제를 만날 수 있는 장소가 없을까. 신당의 구석구석을 다니며 살피다가 단 한 군데를 발견했어. 신당의 이면으로 가는 계단이었지."

"신당의 이면⋯⋯이요?"

“신당은 눈에 보이는 게 전부가 아니야. 우리가 보는 건 껍질이고, 그 아래 숨겨진 층이 하나 더 있어. 신성한 아이가 머무르는 곳이지.”

신성한 아이,라는 말에 나도 모르게 흠칫 놀랐다. 내 표정을 살핀 무하가 말했다.

“그래, 신성한 아이 이야기가 궁금하겠지. 곧 나올 테니 조금 더 들어 보려무나.”

나는 알겠다는 뜻으로 눈을 맞추고 바닥에 남은 차를 비웠다. 그가 주전자를 들어 내 잔에 따뜻한 차를 다시 채워 주었다.

“나는 그 아이디어를 일기장에 적었어. 신당의 이면으로 가는 계단에서 만나자는 것, 만날 날짜와 시간을 암호처럼 숨겨 놓았어. 그 작은 일탈이 우리에게 가져올 비극을 전혀 예상하지 못한 채 말이야. 그리고 정해진 날 아무도 몰래 신당의 이면으로 갔어. 그곳은 특별한 의식이 없는 한 지나다니는 사람이 없었으니까. 신당의 이면은 신당 안쪽의 성호(聖湖) 뒤에 있었어. 성호란 성스러운 호수라는 뜻을 가진 몸을 씻는 곳이야. 무당들의 목욕탕이라고 할 수 있지. 무당들은 제례를 행하기 전에 그곳의 물로 몸을 정화한단다. 성호를 지나 미로 같은 복도를 따라 가면 동그란 구멍이 있어. 그 구멍은 신당의 이면, 깊은 지하로 이어지는 나선형 계단의 입구지. 계단이 108개라는 소문이 있는

데 어차피 끝까지 내려갈 생각은 없었어. 빛이 보이지 않을 때까지만 내려가 그 위에 걸터앉았다. 숨을 죽여 가며 지제를 기다렸지. 암흑 속에서 손 모아 기도했어. 지제가 오게 해 달라고. 내 평생 그토록 열심히 기도한 적이 없는 것 같아. 그리고 조용한 발소리가 들렸어. 친숙한 살냄새로 지제가 온다는 걸 알 수 있었어. 심장이 터질 것처럼 뛰기 시작했지. 그 애는 나를 보자마자 끌어안았어. 우리는 조금만 발을 헛디디면 추락할 수 있는 가파른 계단 위에 서서 서로를 부둥켜안고 입을 맞췄어. 우리가 나눈 처음이자 마지막 키스였지. 온몸이 녹아내릴 듯이 행복했어. 그렇지만 행복은 결코 오래 머무르지 않았어. 계단으로 내려오는 일사불란한 소리가 들리더니 열두 명의 예지 무당, 결정자들이 나타났어. 그들은 우리를 신당의 이면, 신성한 아이에게 끌고 갔어."

무하는 차로 입술을 축이고 내 눈을 똑바로 바라봤다.

"이제 신성한 아이 이야기를 해야겠구나."

신화에 나오는 신성한 아이, 지구에서 온 신성한 아이는 아직 살아 있다. 그는 내 운명에 영향을 미칠 것이다. 나는 들고 있던 찻잔을 꼭 쥐고, 이어지는 무하의 이야기에 귀를 기울였다.

신성한 아이

신성한 아이는 지구에서 왔다. 정확한 시기는 알려지지 않았지만 대략 500년 전으로 추정된다. 거대한 콩깍지는 지구를 대신할 행성을 찾아 나선 우주 탐사선이었고, 아이는 생명공학자였다. 열일곱의 나이에도 생물학, 유전자학, 의학 등 다방면에 뛰어난 재능을 가진 아이는 인간의 배아와 함께 1인 탐사선에 올랐다. 정착할 수 있는 행성을 찾을 경우를 대비해 식물의 씨앗과 동물의 유전자를 농축시킨 캡슐을 실은 탐사선이었다.

당시 지구는 사람들이 살 수 없을 정도로 황폐해져 지구와 비슷한 환경을 갖춘 행성을 찾아 떠나는 일이 유행처럼 번졌다. 안타깝게도 탐사선의 절반 이상은 소행성과 충돌하거나 블랙홀에 삼켜졌다. 그러나 지구에서 가만히 죽음을 기다리느니 우주에서 죽는 편이 낫다고 생각하는 사람들은 여전히 탐사선에 올랐다. 신성한 아이도 그중 하나였다. 아이의 항해도 불시착으로 끝났으나 다른 이들보다 운이 따랐다.

우리 행성은 지구와 대기질이 흡사해 산소통 없이도 숨을 쉴 수 있었다. 아이는 살아남았고 탐사선에는 식량과 식량으로 재배할 씨앗과 표본이 있었다. 아이는 배아를 이용해 자신의 복제인간을 만들었다. 염색체를 변형해 남성도 만들 수 있었다. 그리고 인간과 다른 한 가지 능력을 더했다. 감응하는 능력이었다. 아이가 만든 복제인간들은 군집을 이뤄 서로의 생각을 읽을 수 있었다.

초기에는 꽤 이상적인 사회였다. 복제인간들은 하나의 거대한 뇌를 가진 사람처럼 생각을 공유하며 빠른 발전을 이뤘다. 그러나 복제인간이 늘어나면서 자아에 대해 고민하는 개체가 생겨나기 시작했다. 그들은 무리를 이탈했고, 자체 재생산을 시작했다. 즉, 사랑의 행위를 통해 아이를 낳게 된 것이다. 더는 복제인간이라 부를 수 없는 아이들이 태어났다. 그 결과 감응 능력은 약해졌다. 대신 그들의 유전자에 새겨진 감응 능력은 다른 존재를 받아들이는, 영혼이 깃드는 방향으로 진화되었다. 군집을 이루고 살던 시대의 향수를 깃든 이를 통해 조금이나마 채울 수 있었다.

군집 형태가 아닌 사회로 변화한 이후에도 신성한 아이는 우두머리로 군림하는 일을 포기하지 않았다. 그는 사람들이 자신을 따르게 할 수단으로 종교를 만들었다. 신당을 세우고, 무당의 영혼이 깃든 사람들을 모았다. 그가 군림한 이유는 결코 폭압을 휘두르기 위함이 아니었다. 사람들을 돕고, 마을의 질서와 평화를 유지하기 위함이었다.

바다를 금단의 구역으로 정한 것은 다른 대륙으로의 이동을 막기 위해서였다. 정착한 대륙 이외의 지역으로 이동하면 사람들의 생활양식과 문화 등 많은 부분에서 격차가 벌어질 터였다. 신성한 아이는 지구에서처럼 전쟁이 일어날까 봐 두려웠다. 서로를 약탈하며 경쟁적으로 무기를 발명하는 지구와 같은 역사를 되풀이하게 하고 싶지 않았다. 신성한 아이가 만든 방식으로 사람들은 평온하고 안정된 생활을 유지할 수 있었다.

세월이 흘러 당연히 신성한 아이도 나이를 먹었고, 노인이 되었다. 생의 시간이 얼마 남지 않았다는 걸 느꼈다.

‘나는 신성한 아이다. 이곳은 내가 건설한 제국이다. 이렇게 평범한 방식으로 소멸할 수 없다.’

노쇠한 그의 육체에 욕심이 깃들었다. 어떻게 하면 살아남을 수 있을까. 고민 끝에 생각해 낸 방법이 마인드 업로딩이었다. 지구에서는 기술의 발달로 데이터 형태로나마 영생을 누릴 수 있었다. 그러나 이곳에서는 그런 기술을 뒷받침할 만큼의 자원이 없을뿐더러 생명공학자인 자신의 지식으로는 도달할 수 없는 분야였다. 그래서 생각해 낸 방법이 감응 유전자를 이용해 다른 이의 뇌에 '깃드는' 것이었다.

"신성한 아이를 살려 놓기 위해 많은 무당이 죽었다. 특히 예지 무당들은 신성한 아이의 뇌와 감응력이 높았어. 그에게 선택된 무당은 기꺼이, 영광으로 여기며 자신의 뇌를 바쳤지."

"뇌를 바쳐요?"

"이건 직접 보여 주는 게 낫겠구나."

무하가 돌연 내 손을 쥐었다. 손끝에 전류가 흐르고 머릿속에 낯선 심상이 펼쳐졌다.

순백의 공간. 중앙에는 타원형의 제단이, 그 위에는 투명한 원통형 수조가 있었다. 수조 안에는 희고 긴 머리카락을 가진 여자가 서 있었다. 발목까지 내려오는 순백의 원피스를 입은 여자는 은빛 금속으로 만든 옷걸이 같은 물체에 고정되어 등을 꼿꼿이 세운 채 양팔을 벌리고 있었다. 미동도 하지 않았다. 가장 기괴한 건 여자의 머리 윗부분이 반듯이 잘려 나가고 그 안이 텅 비어 있다는 것이었다. 빈 곳에 들어차 있어야 할 뇌는 전극과 전선으로 이어져 수조 안에 둥둥 떠 있었다. 나는 낮은 신음을 흘렸다. 무하가 꽉 쥐었던 손을 놓았다.

"알겠어? 저 뇌는 신성한 아이의 것이 아니야. 예지 무당의 뇌를 꺼내 자기의식을 깃들게 한 거지. 깃든 다음에는 트랜스 상태를 유지하며 자기가 뇌의 주인이 되는 거야. 인위적으로 영생하고 싶다는 욕망에 휩싸인 나머지 저런 짓을 하고 있단다.”

“왜 저런 모습으로 영생을 누리게 된 거예요? 영혼 상태로 무당에게 깃들면 저런 괴상한 모습으로 있지 않아도 될 텐데요.”

“너도 알겠지만, 우리 부족은 정신과 몸, 영혼을 엄격히 분리해서 생각하지. 깃든 이의 존재를 설명하기 위해서 말이야. 하지만 우리의 정신과 몸은 하나로 이어져 있어. 별개가 아니란다. 고열이 나면 차분하게 무언가를 생각하는 게 불가능하잖아? 정신이 딴 데 팔리면 길을 걷다가도 어딘가에 부딪히게 되고.

예지 무당들은 강한 정신을 가졌고, 그만큼 육체와 정신이 탄탄히 연결되어 있단다. 신성한 아이가 누군가의 온전한 육체에 깃들면 그들을 자기 마음대로 조종할 수 없지. 그래서 뇌만 가져다가 지속적인 트랜스 상태를 만드는 거야. 트랜스 상태에서는 깃든 이가 주도권을 가질 수 있으니까.”

끔찍해. 조영인이 탄식하듯 말했다. 영생을 원하지 않아 마인드 업로딩 거부 각서를 쓴 조영인이라면 더욱더 신성한 아이의 만행을 이해하기 어려울 것이다.

“그런데 그 방법도 문제가 있었어. 인간의 뇌는 트랜스 상태가 지속되면 망가져 버리거든. 짧으면 1년, 길어야 3년이었지. 뇌가 손상되기 시작하면 신성한 아이는 새로운 뇌를 원했어. 생각해 봐. 500년 가까운 시간 동안 신당에서 몇 명이 목숨을 잃었을지."

얼마나 많은 이가 목숨을 잃었을지 상상하고 싶지도 않았다. 하지만 신성한 아이에 관한 이야기를 들으며 그동안 품고 있던 궁금증이 풀린 것도 사실이다. 머나먼 외계 행성에서 온 조영인의 영혼에 이질감이 없는 것, 지구와 우리 행성의 풍습이 유사한 것 그리고 조영인의 외모가 나랑 놀랍도록 닮은 것. 지구인은, 신성한 아이는 우리 부족의 조상이다. 살아남기 위해 수많은 사람을 희생시킨 독재자. 끔찍한 학살자. 그런 학살자를 추앙하고, 그에게 동조하는 무당들.

"어떻게 당신만 우리 집에 찾아온 거죠? 무당들이 예언을 알았다면 신성한 아이와 관계된 저를 신당으로 데려가려 하지 않았을까요?"

무하는 가만히 고개를 저었다.

"그들은 예언을 알지 못하니까. 그 예언을 아는 사람은 너와 나, 너의 어머니 그리고 지제뿐이야."

"어떻게 그런 일이……. 예언은 신당의 모두가, 적어도 결정자들은 알고 있는 게 아닌가요?"

"그 질문에 답하려면 지제와 나의 이야기로 돌아가야겠다. 우리는 신성한 아이에게 끌려갔고, 신성한 아이는 그 애의 예지력과 영특함을 무척이나 마음에 들어 했어. 그 당시 연결된 뇌에 병변이 있지 않은데도 새로운 의식을 치르기로 결정했지. 그 날이 오면 축제와도 같은 장대한 의식이 열리고, 선택된 자들은 그것을 영광으로 여기며 기쁘게 받아들였어. 하지만 지제는 달랐어. 자신의 뇌를 내어주는 일을 영광으로 여길 만큼 어리석지 않았거든. 그래서 우리는 도망치기로 했어. 다른 이들이 의식을 준비하느라 한눈파는 사이 계획을 짰어. 대단한 계획은 아니었지. 산속으로 들어가 버려진 오두막에 숨었을 뿐이었어. 지제는 아마도 우리 계획이 실패하리란 걸, 무당들의 추적을 피할 수 없는 운명이라는 걸 알고 있었을 거야. 열두 명의 결정자들이 모이면, 우리가 어디 숨었는지 그리 어렵지 않게 찾아낼 테니까. 그런데도 그 길을 택한 건 우리 둘이 함께할 시간을 조금이라도 벌고 싶은 마음에서였겠지. 둘이 함께 보낸 시간이 고작 반나절에 지나지 않았다고 하더라도.”

무하가 긴 한숨을 쉬었다. 그는 사랑하는 사람을 잃었다고 했다. 나는 이들의 결말을 알고 있으면서도 이야기를 듣는 내내 마음을 졸였다.

“무당들이 가까워지고 있음을 알았을 때 지제가 분리 굿을 하자고 했어. ‘내 영혼을 분리해 너에게 깃들게 해 줘.’ 그 애가 말했지. 하지만 난 반대했어. 어떻게 그럴 수 있었겠어. 그건 곧 그 애의 죽음을 의미하는데. 그렇지만 난…… 더 나은 방법을 찾지 못했어."

"그래서 산 사람의 분리 굿을 하게 된 거네요."

"응. 그 애의 영혼이 내 안에 존재할 수 있도록."

"하지만 당신에게는 무당의 영혼이 깃들어 있잖아요?"

"그렇지. 그게 왜?"

"이미 깃든 이가 있는 상태에서 영혼을 또 받아들일 수 있어요?"

"당연하지. 한 사람에게 영혼이 하나만 깃들 수 있다고 생각해?"

"잘 모르겠어요. 궁금하기도 했고요."

"대부분 하나만 깃들긴 하지. 하지만 소수의 사람은, 특히 무당은 여러 영혼을 받아들일 수 있기도 해. 우리에게 무당의 영혼이 깃든 순간 이미 두 개 이상의 영혼이 깃든 셈이니까. 무슨 말이냐면……."

"알아요. 무당은 이미 자기 안에 다른 깃든 이가 있었으니까요."

오랫동안 품고 있던 수수께끼의 답이 풀렸다. 영혼은 중첩될 수 있다. 무하가 내 머리를 가만히 쓰다듬어 주었다.

"우리의 분리 굿이 성공했다면, 그랬더라면 정말 좋았을 텐데. 내가 너무 늦게 시작한 탓일까. 굿이 막바지에 접어들어 지제의 영혼이 육신에서 빠져나오려는 순간, 무당들이 들이닥쳤어. 무당들에게 잡히기 직전, 지제가 다급하게 예언을 속삭였어. 결국 그 애는 신성한 아이의 뇌가 되기 위해 신당으로 끌려갔고, 나는 죽을 만큼 두들겨 맞은 뒤 이곳으로 추방당했어."

"그럼 예언은 지제가 한 거예요?"

"그 애의 깃든 이가 했다고 봐야겠지."

나는 예언이라는 것이 번개 치는 날 바위에 새겨지거나, 하늘에서 들리는 목소리 같은 거라고 막연히 생각했다. 지제의 깃든 이로부터 나온 예언이라니 믿기 어려우면서도, 조영인이 내게 깃든다는 걸 14년 전부터 알았다고 하니 믿을 수밖에 없었다.

"지금도 나는 내 어리석음을 탓하며 괴로워해. 지제가 과연 이 모든 일을 예측하지 못했을까? 그렇게 예지력이 강한 아이였는데? 나를 만나기 위해 위험을 감수했다는 걸 생각하면 나 자신을 찢어 죽이고 싶은 충동이 들어. 내가 신당의 이면에서 만나자고 하지 않았다면……."

"하지만 무려 14년이 지났어요. 지제도 자유로워지지 않았을까요?"

나는 신성한 아이에게 연결된 뇌가 3년을 넘기지 못한다는 말을 떠올리며 물었다. 무하는 세차게 고개를 저었다.

"아니, 난 느낄 수 있어. 그 애가 아직 이 세상에서 사라지지 않았다는 것을. 그 애는 강하니까 쉽게 망가지지 않을 거야. 모순되게도 그 애의 강인함이 자신을 고통에서 벗어나지 못하게 가로막고 있지. 나는 매일 그 애의 꿈을 꿔. 뇌 속에 갇힌 자기를 구해 달라며 울부짖는 꿈을."

꿈속의 목소리가 들리는 듯 무하가 귀를 막았다. 몸을 웅크려 무릎 사이에 얼굴을 묻은 채 조용히 흐느꼈다.

"난 지제를 구할 수가 없어. 신당 가까이에는 갈 수도 없으니까. 그래서 이렇게 비루하게 살면서 그 애의 뇌가 수명을 다하기를, 내게 깃들기만을 바라고 있어. 하기야 그 애의 영혼이 나에게 깃든다는 보장은 없지. 그래도 지금보다는 나을 거야. 적어도 지제의 고통이 끝나고, 그 애가 자유로워지는 거니까."

고개를 든 무하는 눈물을 가두려는 듯 눈을 가늘게 떴다. 손으로는 머리를 묶은 보라색 끈의 매듭을 만지작거리며. 내 시선을 눈치챈 그는 매듭을 잡아당겨 풀었다. 길게 땋은 머리는 풀리지 않고 조금 느슨해졌다.

"이건 지제가 남긴 단 하나의 물건이야. 내게 가장 소중한 보물이지. 그 애는 땅콩 모양의 점이 있는 손목에 언제나 이 끈을 팔찌처럼 하고 다녔어. 그러고 보니 긴 갈색 머리를 묶은 걸 본 적은 없네.”

낡고 빛바랜 보라색 끈을 바라보던 무하의 눈에서 끝내 눈물 방울이 떨어져 내렸다. 손등으로 눈물을 훔친 무하가 일어섰다.

“미안하다. 잠깐 산책 좀 하고 올게.”

아직 예언에 대해 자세히 듣지 못했지만 감정이 북받쳐 오른 그를 막을 수 없었다. 동굴 밖으로 나와 그의 뒷모습을 바라봤다. 검은 점이 검은 바닷속으로 사라졌다. 밤바다는 차가울 텐데. 조영인이 걱정했다. 나는 모래밭에 앉아 수영하는 무하를 바라봤다. 여기에 오기까지의 고단함과 검은 무당을 만났다는 안도감에 자꾸만 눈이 감겼다.

조영인) 소로, 밖에서 잠들면 안 돼요.

소 로) 안 자요. 아직 예언에 대해 듣지 못했는데…….

조영인) 내일요. 내일 들으면 돼요.

하긴 무하가 돌아온다고 해도 더 얘기해 달라고 보챌 수 없을 것 같았다. 나는 동굴로 돌아와 그가 펴 놓은 담요를 덮고 곧장 잠들었다.

예언과 선택

좋은 기운에 감싸인 기분으로 일어났다. 밖에서 바닷새 소리가 들렸다. 덮고 있던 담요를 개 놓고 밖으로 나왔다. 눈이 부셨다. 소금기를 머금은 바닷바람이 불어와 머리카락을 흩날렸다. 날개가 긴 바닷새들은 마을의 작은 새들보다 훨씬 크고 우렁찬 목소리로 울어 댔다. 나는 새처럼 두 팔을 펼치고 기지개를 켰다. 동굴 입구로 오던 무하가 나를 보며 미소 지었다.

"일어났구나. 마침 죽이 맛있게 익어 깨우려던 참이다."

그가 도마뱀 바위의 허리 부분으로 나를 데려갔다. 그곳에는 탁탁 소리를 내며 타오르는 모닥불과 빨래를 너는 장대가 있었다. 그런데 장대에는 빨래 대신 물고기가 나란히 꿰어져 있었다. 모양이 다른 물고기는 바람이 불 때마다 흔들리며 비릿한 냄새를 풍겼다. 눈이 꿰어진 물고기는 조금 무섭기도 했다. 나는 액막이 같은 거라 추측하며 물었다.

"저건 무슨 용도예요?"

"무슨 용도냐고? 당연히 먹기 위한 거지."

무하가 재미있다는 듯 소리 내어 웃었다.

"물고기를 먹어요?"

"그럼. 얼마나 맛있는데. 너도 먹어 볼래?"

"아니요. 괜찮아요."

고개를 마구 젓는데 내 안에서 조영인의 목소리가 어느 때보다 크게 울렸다. 네, 먹고 싶어요!

우리는 모닥불 주변에 둘러앉아 매생이라는 바다풀이 들어간 죽을 먹었다. 허기진 속을 죽으로 달래는 동안 생선이 노릇하게 구워졌다.

"잘 익었다."

무하가 군데군데 탄 껍질을 벗겨 내고 하얀 살코기에 소금을 뿌려 주었다. 생선에서는 약간 쿰쿰하면서도 고소한 향이 났다. 익숙하지 않은 냄새였지만 제법 괜찮은 맛이었다. 생선이 맛있는지, 조영인의 행복해하는 기운이 내 배 속까지 퍼졌다. 검은 무당이 꼬치에 꿴 생선 살을 뜯어 먹고는 내게 말했다.

"어제는 미안했다. 예언대로 지구의 영혼을 받아들인 널 만난 것만으로도 감당하기 힘들었는데 지제의 이야기를 하다 보니 감정을 주체하지 못했어."

"이해해요. 저는 그런 사랑은 해 본 적 없지만 깃든 이와 헤어진다는 상상만 해도 눈물이 날 것 같거든요."

"그래, 네가 속 깊은 아이란 건 처음 볼 때부터 알았단다."

무하가 나를 지그시 바라봤다. 이 여행을 시작한 이유, 무하의 이야기. 내 갈 길이 선명하게 다가오는 느낌이었다.

"제가 해야 할 일을 알 것 같아요. 더는 신성한 아이를 위해 희생하는 무당이 없도록 막는 것. 안타깝지만 지제가 마지막이어야 해요."

내 말에 무하가 헉, 숨을 삼켰다.

"네가 그렇게 말하다니 정말 놀랍구나. 사실 네 어머니에게 말하지 않은 것이 있다. 예언은 네가 이 일을 끝낼 사람이라고 했어."

"예언에 대해 자세히 말해 주세요. 전부 알고 싶어요."

고개를 끄덕이면서도, 무하는 모닥불의 남은 불씨를 찾아 끄느라 열심이었다. 굵은 불씨가 사라지고 그가 입으로 바람을 불자 마지막 남은 불씨가 빨갛게 물들었다가 곧 사그라들었다. 그제야 그는 힘겹게 입을 열었다.

"소로라는 아이가 열일곱 살 되는 해, 지구인의 영혼이 깃든다. 그 아이는 신성한 아이를 처단한다. 그로 인해……."

무하는 마지막 예언을 끝맺지 못했다. 나는 그 뒤를 채워 넣 듯 말했다.

"그로 인해 저는 죽게 되는 거네요."

대답은 돌아오지 않았다. 나는 신성한 아이가 저지르는 살육을 끝낼 사람이다. 그리고 죽게 된다. 그것이 예언이다. 그렇지만 나는 순순히 죽고 싶지 않다. 지제의 영혼을 해방시키고, 나 자신을 구할 수 있는 방법을 찾아야 한다. 소로, 소로. 조영인이 나를 부르는 소리가 들렸다. 나는 무하의 단단한 어깨를 짚고 일어났다.

"잠깐 깃든 이와 얘기하고 올게요."

소로, 소로. 도마뱀의 꼬리 부분으로 가는 동안에도 내 이름을 부르는 목소리가 온몸을 울렸다. 손과 발이 가볍게 경련했다. 트랜스 상태가 찾아오려는 것이다. 나는 바위에 등을 기대고 앉았다. 그러자 곧 붉고 따뜻한, 자궁 같은 공간으로 이동했다. 나를 감싼 공간은 거친 숨을 몰아쉬듯 수축과 이완을 반복했다. 나는 제대로 서 있기조차 힘들었다. 이번에는 나를 위한 의자도 없었다. 조영인이 화를 누르는 듯한 목소리로 말했다.

조영인 소로, 어떻게 그런 일을 혼자 결정하려고 해요?

소 로) 당연히 영인과 상의하려 했어요.

조영인) 제 의견을 묻는다면 전 반대예요.

소 로) 미안해요. 이건 찬반의 문제가 아니에요. 저는 예언의 아이고, 그래서 영인이 제게 깃든 거예요. 신성한 아이에 대해 알게 된 이상 그런 만행을 그냥 내버려둘 순 없어요.

조영인) 그것이 소로를 죽음으로 이끄는 데도요?

소 로) 내가 하지 않으면 더 많은 사람이 죽게 돼요. 물론 나도 죽고 싶진 않아요. 죽지 않는 방법을 찾아낼 거예요.

조영인) 위험으로 뛰어들면서 방법을 찾겠다고요? 그건 앞뒤가 맞지 않아요. 죽지 않기 위해서는 예언 따위 무시하고 당장 도망가야 해요. 살기 위해 도망가는 건 부끄러운 일이 아니에요.

소 로) 회피가 좋은 방법이 아니라고 했던 건 영인인데요.

내 말에 조영인이 힘없이 웃었다. 나도 조금 웃었다. 공간은 움직임을 멈췄지만 서서히 단단하게 굳어 갔다.

소 로) 전 예언을 무시할 수 없어요. 지금 와서 예언을 부정하면 나뿐만 아니라 예언 때문에 괴로웠던 어머니의 인생까지 부정하는 거잖아요.

굳어 가던 붉은 공간은 점차 어두워졌고, 끝내 암흑으로 변했다. 마치 조영인이 떠다니던 검은 우주처럼. 나는 나의 깃든 이를 설득해야 했다.

소 로) 영인, 당신은 운명을 믿나요?

조영인) 운명요? 지금 운명에 대해 말하자는 건가요?

소 로) 그래요.

조영인) 거짓말하지는 않을게요. 어느 정도는 믿어요. 나는 무당의 딸이고, 소로와 내가 만난 것도 운명이라 생각하니까.

소 로) 저도요. 운명을 믿어요. 하지만 운명을 바꾸는 것도 우리가 가진 힘이라고 생각해요. 거대한 강줄기에 작은 지류가 생겨 그곳으로 물이 흐르고 마침내 새로운 강이 되는 것처럼요.

오랜 침묵이 흘렀다. 단단하고 짙은 어둠이 서서히 걷히고 공간은 붉은빛으로 돌아왔다. 나는 부드러움에 감싸여 하나의 물방울처럼 느리게 가라앉았다 떠오르기를 반복했다. 조영인의 말을 기다리며.

조영인) 소로, 당신의 육체예요. 당신의 의지가 굳건하다면 내가 어떻게 말릴 수 있겠어요. 내 나름대로 당신을 도울 수 있도록 애써 볼게요.

 고마워요, 영인.

그 말을 끝으로 트랜스 상태에서 깨어났다. 포근한 느낌은 그 뒤로도 한동안 사라지지 않았다. 딱딱한 바위에 등을 기대고 있던 걸로 기억하는데 눈을 뜨니 동굴 안에서 담요를 덮고 있었다. 무하가 나를 안쪽으로 옮겨 놓은 것이다.

"답을 찾은 것 같구나."

그는 나를 살피듯 보며 말했다. 눈 아래 그늘이 더 짙어진 얼굴로.

"네. 신당으로 갈 거예요. 신성한 아이에게서 앞으로 희생될 이들을 구할 거예요."

"예언 때문이라면……."

"예언의 영향을 받지 않았다고는 할 수 없겠죠. 하지만 제 선택이기도 해요."

"네가 가지 않는다고 해도 괜찮아."

"갈 거예요. 신성한 아이를 처단하고, 당신이 사랑하는 지제를 자유롭게 해 줄게요."

"이걸 너에게 줄게."

무하가 보라색 머리끈을 풀어 내게 주었다. 나는 크게 고개를 저었다.

"괜찮아요. 이건 당신의 보물이잖아요."

"우리가 네 곁에 있다고 생각하면 힘이 될 거야."

내 손을 잡은 그가 손바닥에 머리끈을 가만히 올려놓았다. 더는 사양할 수 없었다.

"알았어요. 이걸 꼭 돌려드리러 올게요. 돌아오면 그때는 바닷가에서 사는 법을 알려 줘요."

"물론이지. 그건 전혀 어려운 일이 아니야."

무하가 큰 손으로 내 양 볼을 감쌌다. 그의 얼굴에 엄마가 지었던 표정과 닮은 부드러운 미소가 떠올랐다. 나는 그것이 이별의 미소가 갖는 모양일 거라 생각했다.

결정자들의 결정자

걷고 있다. 벌써 사흘째다. 마을을 통과하지 않고 가기 위해 바닷가에서부터 먼 길을 돌아가는 중이다. 좁은 마을이라 혹시라도 어머니를 만나면 마음이 무너질까 두려웠다. 행성 중심에 있는 신당까지는 오르막길이 계속된다.

온종일 걷다 배가 고프면 검은 무당이 싸 준 말린 생선을 뜯어 먹었다. 거칠고 짠맛이 났지만 그것이 나를 살아 있게 했다. 밤이 되면 버려진 오두막에 들어가 잠을 잤다. 마을 가장자리에는 오랫동안 사람이 살지 않는 오두막이 드문드문 있었다. 아마도 오두막의 주인은 깃들지 않은 자들의 마을에 갔을 것이다. 깨진 창틈으로 들어오는 싸늘한 바람, 성난 이가 두드리는 듯 덜컹거리는 나무문. 무섭지 않다면 거짓말이지만 깃든 이와 함께라 견딜 수 있었다. 조영인은 줄곧 말이 없었다. 내 선택에 대해 돕겠다고 했지만 기꺼워하지 않는 기색이 여전히 느껴졌다. 주인 없는 집의 낡은 나무 침대에서 먼지 냄새 나는 이불을 덮은 채 조영인에게 말을 건넸다.

소 로) 내일이면 신당에 도착할 거예요.

조영인) 소로, 지금이라도 돌아갈 수 있어요.

소 로) 돌아가요? 어디로요?

조영인) 바닷가에서 지내면 되잖아요? 아니, 우리 배를 만들어요. 배를 타고 새로운 대륙을 찾아가는 거예요. 어때요?

소 로) 영인이 나를 걱정하는 마음 잘 알아요. 하지만 저는 무당들의 희생을 막지 않는다면 편히 지낼 수 없을 것 같아요.

조영인) 그렇지만 난 소로가 오래오래 달렸으면 좋겠어요.

소 로) 저도요, 영인. 저도 할머니가 될 때까지 달리고 싶어요.

가능하다면요. 나는 눈을 감고, 떠나기 전 무하와 얘기했던 계획을 차곡차곡 되짚었다.

신당에 도착하면 일꾼들이 머무는 별채로 간다. 관리자에게 그곳에서 일하고 싶다고 한다. 성실히 일하면서 신뢰를 얻는다. 무당들의 동선을, 그들의 특징을 파악한다. 단백질을 녹이는 회백색 가루가 배낭 속의 호리병에 들어 있다. 누가 묻는다면 할머니의 유골이라고, 애착 물건이라고 하기로 했다. 그걸 신성한 아이의 수조에 부어야 한다. 수조 위는 트여 있으나 신당의 이면은 굳건하게 닫혀 있다. 간단하지도 쉽지도 않은 일이다. 서두르면 안 된다. 단 한 번의 기회, 의식이 열리는 날을 기다려야 한다. 의식이 열리기 전, 신당의 이면에서 나온 신성한 아이는 성호로 향한다. 예지 무당들의 우두머리 집단인 열두 명의 결정자에 의해 성호에 담긴다. 성스러운 물로 수조를 새롭게 채우며 신성한 아이를 축복하는 것이다.

그 의식에서 신당의 모든 이들은 — 무당뿐만 아니라 일꾼들도 — 신성한 아이의 수조에 입을 맞춘다. 누구도 신성한 아이의 본모습을 보지 못한다. 신성한 아이를 거룩하고 아름다운 모습으로 인식한다. 결정자들이 환각 성분을 넣은 차를 마시게 하기 때문이다. 나는 차를 마시는 척하고 몰래 뱉는다. 신성한 아이의 수조에 입을 맞추는 차례는 나에게도 올 것이다. 그때를 노려 수조 안에 뚜껑을 연 호리병을 던진다. 그리고 도망가. 전속력으로 달리는 거야. 절박하게 말하는 무하에게 도망갈 길이 없을 거란 말은 하지 않았다. 그도 모르지 않을 것이다.

또 하나, 이 계획은 시작도 하기 전에 실패로 돌아갈 수 있다. 열두 명의 결정자를 무시할 수는 없어. 그래도 희망을 버려선 안 돼. 예지 무당이 모든 미래를 볼 수 있는 건 아니니까. 분명 그들이 보지 못하는 사각의 미래가 있을 거야. 예언은 너를, 지구인의 영혼이 깃든 아이를 지목했어. 계획이 실패하더라도 넌 무언가를 해낼 거야. 그건 변치 않을 거야.

예지 무당이 볼 수 없는 사각의 미래. 그리고 변치 않는 것.

무하의 얼굴, 도마뱀을 닮은 바위, 푸른 바다가 눈앞에 어른거렸다. 잠들 수 없는 밤이었다. 조영인도 깨어 있었다. 어둠과 침묵 속에서도 깃든 이가 함께한다는 사실은 커다란 위안이 되었다.

*

드디어 보인다. 절벽 끄트머리에 우뚝 서 있는 신당이. 언덕 위에 세워진 모래색 건물은 핏빛 노을을 배경으로 신비한 아우라를 뿜어냈다. 나는 걸음을 멈췄다. 탑문 앞에 깃발을 든 무당들이 열을 지어 늘어서 있었다. 마치 전장에 나가는 장수들처럼.

붉은 옷을 입은 제례 무당은 붉은 깃발을, 검은 옷을 입은 분리 무당은 검은 깃발을, 푸른 옷을 입은 예지 무당은 푸른 깃발을 들고 있었다. 그 대열의 맨 앞줄에 하늘색 옷을 입은 열두 명의 결정자가 있었다. 그들의 시선이 일제히 나를 향한다. 내가 올 걸 알았다는 의미다. 시작하기도 전에 실패로 돌아갈 수 있는 계획…….

그들은 어디까지 알고 있을까? 과연 나는 신성한 아이를 만날 수 있을까?

조영인 소로, 당황하지 말아요. 우린 괜찮을 거예요.

조영인의 목소리가 갈비뼈를 밀어내듯 강하게 울렸다. 신뢰하는 이의 괜찮다는 말은 내게 힘을 주었다. 나는 가슴을 펴고 주먹을 꽉 쥐었다. 맨 앞줄에 있던 결정자가 다가왔다. 그는 금빛 문양이 들어간 하늘색 띠를 이마에 두른, 긴 갈색 머리카락과 아름다운 눈동자를 가진 여자였다. 키가 크고 호리호리한 그가 나를 내려다보았다.

"어서 오라. 예언의 아이여."

그가 나를 예언의 아이라고 불렀다. 순간 찌릿한 전류가 정수리를 꿰뚫는 느낌에 흠칫 놀랐다.

"소로, 너를 기다리고 있었다. 나는 결정자들의 결정자, 리젤이다. 자, 이쪽으로."

리젤은 내 이름을 알고 있었다. 그가 탑문 안으로 나를 안내했다. 내 뒤로 하늘색 옷을 입은 열한 명의 결정자들이 줄지어 따라왔다. 신당 밖에 늘어선 무당들의 대열은 흐트러짐이 없었다.

　반듯한 사각으로 구획된 안뜰을 지나 신당으로 들어섰다. 건물 안의 공기는 바깥과 달리 서늘했다. 건물을 떠받치는 기둥에는 신성한 아이의 신화를 상징하는 부조가 새겨져 있었다. 천장은 일정한 간격으로 뚫려 있었고, 그 틈으로 어두운 복도 사이사이 은은한 빛줄기가 내려앉았다. 복도 양옆으로 주홍색 옷을 입은 수행자들이 늘어서 있었다. 모두 내 또래의 아이들이었다. 언니도 있었다. 화살통을 멘 언니는 이글거리는 눈빛으로 나를 노려봤다. 네가 감히 여기 오다니, 내가 근처에도 오지 말라고 말했건만. 핏발 선 눈이 내게 그렇게 말하는 것 같았다. 당장이라도 눈물이 떨어질 것 같은 눈길을 나는 피하지 않았다. 내 시선을 따라 결정자들도 고개를 돌렸다. 그제야 언니는 얼른 머리를 숙였다. 가슴 앞에 합장한 언니의 손이 덜덜 떨렸다.

　복도는 일자로 이어지지 않았다. 미로처럼 일정한 간격을 두고 오른쪽과 왼쪽으로 나뉘었다. 리젤은 빠르지도 느리지도 않은 걸음으로 나보다 한 걸음 앞서갔다. 또다시 복도의 모퉁이를 도는데 맞은편 길목에서 고개를 내미는 아이를 보았다. 카리? 흰옷을 입은 아이는 얼핏 옆모습만 봤지만 카리 같았다. 분리 굿을 한 뒤 마을에서 카리를 본 적은 없다. 그래서 나는 카리가 깃들지 않은 자들의 마을에 갔을 거라 짐작했다. 조금 전 내가 본 아이가 카리라면? 흰옷을 입었으니 일꾼은 아닐 것이다. 언니처럼 주홍색 옷을 입은 것도 아니니 수행자도 아니다. 그렇다면 왜 이곳에 있는 걸까?

"들어가거라."

리젤이 나를 데려간 곳은 식당이었다. 조금 전 신당 앞에 늘어선 무당들이 모두 들어가고도 남을 만큼 넓고 청결한 공간. 공기 중에는 연한 향신료 냄새가 감돌았다. 줄을 맞춰 배열된 기다란 나무 식탁들. 맨 앞의 식탁에 1인분의 소박한 정찬이 차려져 있었다. 리젤이 손짓하자 결정자들이 허리 굽혀 예를 표하고 물러났다.

"먼 길을 오느라 허기졌을 널 위해 준비했다."

리젤이 식탁 앞에 앉으며 나를 향해 앉으라고 말했다. 나는 경계하며 자리에 앉았다. 여기까지 따라온 이상 다른 선택지는 없었다.

"어서 먹으렴."

내 앞에 앉은 리젤이 미소를 머금은 채 말했다. 몹시 허기진 건 사실이지만 긴장으로 몸이 굳어 먹고 싶다는 생각은 들지 않았다. 음식에 독을 탔을지도 모르는 노릇이고.

녹색 옷을 입은 아이가 리젤과 내 앞의 주석 잔에 주전자에 든 물을 따랐다.

“독은 없단다.”

리젤이 먼저 잔을 들어 물을 마셨다. 갈증이 나던 차라 나도 물을 들이켰다. 약초 맛이 나는 물은 시원했다. 빈 잔을 내려놓자 아이는 물을 한 잔 더 따르고 신속히 나갔다.

“자신에게 무슨 일이 벌어지는 건지, 왜 무당들이 대열을 지어 널 맞이했는지 궁금하겠지.”

나는 그의 눈을 바라봤다. 연갈색 눈동자는 흔들림이 없었다.

“너는 예언의 아이, 즉 신성한 아이의 친구가 될 귀한 사람이기 때문이다.”

“제가, 신성한 아이의 친구가 된다고요?”

“정확히 말하면 네 깃든 이가 그렇겠지. 무당들은 신성한 아이가 지구에서 왔다는 사실을 알고 있단다. 이곳은 과학과 신앙이 공존하는 곳. 우리들이 알고 있는 지식은 마을 사람들의 수준을 훨씬 뛰어넘지. 지구의 영혼이 깃든 널, 감히 해할 사람은 없다. 저들은 네게 깃든 이가 신성한 아이에게 좋은 동반자가 될 거라 믿고 있으니까. 그러니 마음 놓고 음식을 먹어도 돼.”

리젤은 나를 보며 한 번 더 음식을 권했다. 나는 찐 채소 한 조각을 입에 넣고 씹었다. 맛을 느낄 수는 없었지만 오기가 나서 한 조각 더 입에 욱여넣었다. 문득 리젤이 나를 예언의 아이라고 부른다는 걸 깨달았다. 무하는 신당에서 예언에 대해 아는 이는 지제뿐이라고 했다. 지제는 지금 신성한 아이의 뇌가 되었는데…….

"당신은 예언에 대해 알고 있나요?"

가면 같은 미소를 지은 리젤이 아무도 없는 걸 확인하듯 넓디넓은 식당을 둘러보고는 입을 열었다.

"당연한 일 아니겠니?"

"무당들도 다 알고요?"

"열일곱에 지구에서 온 영혼을 받아들인 아이가 신당으로 찾아와 신성한 아이의 친구가 된다. 이것이 그들이 알고 있는 예언이지."

나도 모르게 작은 한숨이 나왔다. 무당들은 예언이 존재한다는 사실은 알지만 진짜 예언은 알지 못한다. 꿰뚫듯 나를 보는 리젤의 눈길을 피하기 위해 고개를 숙였다. 잠깐의 틈을 둔 뒤 그가 말했다.

"하지만 그건 가짜 예언일 뿐이지. 그렇지 않니?"

입 밖으로 소리가 튀어나오려는 걸 간신히 삼켰다. 나는 일그러지는 얼굴을 펴며 애써 태연한 척했다.

"무슨 말씀인지 모르겠어요."

"시치미 떼도 소용없다. 네가 바닷가에서 무하를 만나고 온 걸 알아."

무하. 그 이름이 리젤의 입에서 나오다니, 나는 급기야 사레에 걸려 캑캑댔다. 리젤이 긴 손가락으로 냅킨을 집어 내게 건넸다. 그의 미소는 조금 전보다 더 섬뜩해 보였다.

"무하는 지제의 뇌가 신성한 아이에게 바쳐졌다고 믿고 있지? 아직 뇌가 살아 있다고 말하지 않던가? 그 애에게는 예지력이 있지만 가엽게도 정작 중요한 건 아무것도 보지 못한단다. 어중간한 재능은 때로 없는 것만 못하지."

무하를 무시하는 말투가 거슬렸지만 지금 그보다 중요한 건 리젤이라는 사람이 무하와 지제의 이름을 언급했다는 것이다. 그는 얼마나 많은 걸 알고 있는 걸까.

"그럼 지제의 뇌는, 어떻게 되었는데요?"

"살아 있어. 애당초 지제의 몸에서 분리되지 않았거든."

"그건…… 지제도 살아 있다는 뜻인가요?"

리젤이 가볍게 고개를 끄덕였다. 이마에 두른 띠 위의 금빛 문양이 빛에 반사되어 반짝였다. 지제가 살아 있다니, 그것이 사실이라면 — 비록 무하의 말이 틀렸다고 하더라도 — 좋은 일이다.

"그렇다면, 지제를 만나게 해 줘요."

"식사는 마친 건가?"

리젤이 내 앞에 남은 음식을 훑어봤다. 차려진 음식은 거의 그대로였고 손을 대지 않은 채소는 수분이 마른 지 오래였다. 그는 어깨를 으쓱하고는 자리에서 일어났다.

"오느라 지쳤을 테니 숙소로 안내하지."

지제가 살아 있다. 신성한 아이에게 희생되지 않았다. 그렇다면 지제는 무하에게 연락할 방법이 없었을까? 그토록 사랑하던 사람이라면 만나지는 못하더라도 무사함을 알렸을 텐데. 혹시 살아는 있지만 자유의 몸이 아닌 걸까?

수많은 의문을 누르며 리젤과 나란히 복도를 걸었다. 수행자들은 모두 사라지고 없었다. 아까는 미처 보지 못했던 벽면의 부조들이 이제야 눈에 들어왔다. 신성한 아이의 우주선, 거대한 콩깍지에서 각종 동식물이 쏟아져 나오는 장면. 풍요로운 분위기여야 할 텐데 멧돼지나 곰 같은 것들의 표정이 어째서인지 흉포했다. 금방이라도 튀어나와 내게 달려들 것 같았다.

복도가 끝나는 곳에 있는 아치형 문에서 훈기가 뿜어 나왔다. 문 안쪽에는 거대한 타원형 욕조가 있고, 사방에 놓인 기둥에서는 작은 폭포처럼 물줄기가 콸콸 쏟아졌다. 리젤이 문 앞에 멈춰 서서 말했다.

"이곳은 성호란다. 성스러운 물에 몸을 담그고, 오염된 기운을 정화시키는 일은 중요하지. 짐을 풀고 쉬다가 성호로 오려무나.”

“지제를 보러 가는 게 아니었나요? 언제 만날 수 있어요?”

“곧 만날 테니 걱정할 필요는 없단다.”

내가 머물 곳은 복도 끝의 작은 방이었다. 복도 끝이라고 해도 미로 같은 곳을 몇 번이나 돌아왔기 때문에 신당 중 어느 쪽인지 가늠이 되지 않았다. 방 앞에는 녹색 옷을 입은 아이가 잘 개어진 옷을 들고 기다리고 있었다.

“성호에서 목욕한 뒤에 갈아입을 옷이란다.”

리젤의 말에 아이가 내게 옷을 건넸다. 눈이 시릴 정도로 흰 순백의 옷이었다.

나는 방으로 들어갔다. 자그마한 나무 침대와 서랍장이 전부였다. 서랍장 위에 가방을 올려놓고 침대에 누웠다. 오랜 시간 걸어온 몸에서 땀 냄새가 났다.

조영인 소로, 고생했어요. 일단 신당에 들어오는 데는 성공했네요.

소 로 아까 신당 앞에서 괜찮을 거라고 말해 줬잖아요. 영인은 그들이 절 해치지 않을 걸 알고 있었어요?

조영인 네. 그들이 당신을 해치지 않으리란 강한 느낌이 들었어요. 그 느낌이 어디에서 온 건지는 잘 모르겠지만 리젤을 봤을 때 감전된 것처럼 찌릿했거든요.

[소 로] 저도 그런 느낌을 받았는데! 그나저나 일단 씻어야겠어요. 땀
냄새가 지독해서요.

내가 옷을 끌어당겨 냄새를 맡고 인상을 쓰자, 조영인이 웃
었다.

[조영인] 살아 있다는 증거예요. 냄새가 난다는 건요.
[소 로] 어휴, 영인이 이 냄새를 못 맡아 봐서 그런 말을 하는 거예요.
[조영인] 맡을 순 없지만 어떤 냄새인지는 알아요.

조영인 덕에 조금 웃고, 흰옷을 챙겨 방을 나왔다.

성호로 가는 길. 좁고 굽은 복도 벽에는 비슷하면서도 각기
다른 벽화들이 그려져 있었다. 마치 악몽을 꾸는 것처럼 맥락을
알 수 없는 그림들 사이를 지나치는데, 갈림길에서 튀어나온 흰
옷을 입은 아이와 마주쳤다. 아이의 정체는 역시 카리였다. 내가
알던 카리보다 훨씬 여위긴 했지만.

"카리? 여기서 뭐 해?"

카리는 나를 알아보지 못하는 듯 공허한 눈으로 바라봤다.
늘 야무지게 다물려 있던 입술을 약간 벌린 채.

"카리, 나야. 소로. 신당엔 어떻게 온 거야? 난 네가 깃들지 않

은 자들의 마을에 간 줄 알았어."

반가움에 카리의 손을 잡으려 하자 그 애는 놀란 듯 뒤로 물러났다.

"카리, 정말 날 모르겠어?"

나는 당황했고, 카리는 거의 울 듯한 표정을 짓더니 뒤돌아 달리기 시작했다. 그 애를 따라잡는 건 어려운 일이 아니었지만 그만두어야 했다. 복도 맞은편에서 푸른 옷을 입은 예지 무당이 나타났기 때문이다. 재빨리 기둥 뒤로 몸을 숨기고 그들을 지켜봤다. 카리는 아무런 저항 없이 그 무당을 따라 사라졌다. 그제야 나는 카리가 입은 흰옷이 내가 받은 옷과 질감과 색이 같다는 걸 눈치챘다. 신당에서는 계급과 역할에 따라 옷의 색이 다르다. 흰옷에 대해서는 들은 바가 없었다. 카리는 이곳에서 어떤 역할을 하는 걸까? 내게는 왜 흰옷을 준 걸까?

어수선한 마음으로 아치형의 문을 통과하니 성호가 나왔다. 연청색으로 칠해진 타원형의 욕조 가장자리에 콩깍지를 닮은 네 개의 조각 기둥이 있고, 콩깍지의 벌어진 틈에서는 물줄기가 흘러나왔다. 훈훈한 수증기가 온몸을 부드럽게 감쌌다.

나는 갈아입을 흰옷을 욕조 옆의 돌의자에 올려 두고, 입고 있던 옷을 벗었다. 탕에서는 차향과 비슷한 향기가 났다. 물은 뜨거워 피부가 금세 빨개졌지만 견디기 힘들 정도는 아니었다. 욕조 한구석에 앉아 등을 기대자 저절로 긴 한숨이 새어 나왔다. 조영인도 잠시 긴장을 푸는 게 느껴졌다.

> 소 로 │ 조금 전 카리를 만났어요. 왜 나를 알아보지 못하는지 마음에 걸려요.

> 조영인 │ 그러게요. 소로를 못 알아본다는 건 이상해요. 제가 보기엔 카리의 넋이 나간 것 같았어요.

> 소 로 │ 넋이 나가요?

> 조영인 │ 지구에서는 충격으로 정신을 잃어버린 사람을 보고 그렇게 말해요. 확실히 눈에 초점이 없었죠.

"소로, 일찍 왔구나. 깃든 이와 이야기를 나누고 있었니?"

성호 안에 카랑카랑한 목소리가 울렸다. 리젤이었다. 그는 하늘색 가운을 벗고 내가 있는 탕 안으로 스스럼없이 들어왔다. 곧이어 녹색 옷의 아이 넷이 나무 쟁반을 들고 왔다. 쟁반 위에는 목욕 도구들이 가지런히 놓여 있었다. 두 아이는 리젤에게, 두 아이는 내게 다가왔다. 내가 비누를 집어 들자 리젤이 만류했다.

"널 씻기는 건 이 아이들의 몫이야. 넌 특별한 손님이니까."

내 또래로 보이는 아이들이 정성껏 내 머리를 감기고 몸을 씻겨 주었다. 남이 나를 씻겨 준 일은 처음이라 어색하면서도 기분이 좋았다. 아마도 어머니는 내가 아주 어릴 적에 이런 식으로 나를 씻겨 줬을 것이다. 그러나 내게는 어머니와 함께 목욕한 기억이 없다. 어머니를 생각하자 눈시울이 뜨거워졌다. 얼른 고개를 젖혀 눈물을 삼켰다.

"더 헹구고 싶은 곳이 있을까요?"

한 아이가 물었다. 지나치게 공손한 목소리였다.

"아뇨. 고마워요."

아이들이 수건으로 내 어깨를 감싸고는 탕 밖으로 이끌어 물기를 꼼꼼히 닦아 냈다. 부드럽고 섬세한 손길이었다.

"이제 괜찮아요."

"잠시만요. 한 가지가 더 남았어요."

한 아이가 내게 속삭이고 다른 아이가 작은 병을 가져왔다. 병 안에는 맑고 투명한 액체가 담겨 있었다.

"향유입니다."

아이들이 가녀린 손끝으로 향유를 바를 때마다 은은한 향이 퍼졌다. 아이들은 의식을 마무리하듯 내게 흰옷을 건네주고 물러났다. 수행복과 마찬가지로 끈으로 여미는 윗도리와 주머니가 달린 바지였다. 상쾌하고 나른한 기분으로 옷을 입었다.

"흰옷이 잘 어울리는구나. 이리로 오렴."

어느새 옷을 갖춰 입은 리젤이 내 옆으로 다가왔다. 앞장서는 그를 따라갔다. 그도 나도 맨발이었다.

"성호에서 몸을 정화한 기분이 어때?"

소리 내 대답하진 않았지만 솔직히 좋았다. 무하는 죄책감에 고통받고, 지제는 살아 있다지만 상황은 모르고, 카리는 넋이 나갔는데 나만 좋은 기분을 느끼는 게 어쩐지 떳떳지 못했다.

"성호에 몸을 담그면 그 시간만큼은 모든 걱정이 사라지지. 신비한 물이 우리를 치유해 주기 때문이야. 내가 밤마다 성호에 가는 이유이기도 하고."

리젤이 약간 상기된 얼굴로 말했다. 내 얼굴도 붉겠구나, 생각하며 계속 그를 따랐다. 그는 신당의 외부로 나갔다. 외벽 가까이 작고 길쭉한 창고 같은 건물이 있었다. 여러 개가 늘어서 있어 관을 세워 놓은 것처럼 보이기도 했다. 리젤이 작은 나무문을 열었다.

"이곳은 기도의 방이다."

작고 어두운 방을 밝히는 건 제단 위에 놓인 촛불 하나뿐이었다. 그 불빛이 일렁일 때마다 공간 전체가 이지러지는 듯했다.

"기도의 방에서 무당들은 자기 신앙을 강화하기 위해 기도한단다. 스스로를 이곳에 가두고 몇 날 며칠 식음을 전폐하기도

하지.”

벽에는 염소 모양을 본뜬 가면과 채찍 같은 것들이 걸려 있었다.

“두려워 말거라. 무당들이 자신을 단련하기 위한 수행 도구일 뿐이니까.”

“왜 저를 여기로 데려온 거죠?”

“지제를 만나고 싶다고 했으니까.”

리젤이 나를 보며 웃었다. 불빛에 비친 얼굴이 일그러져 보여 소름이 돋았지만 겁먹은 티를 내지 않으며 반듯이 서 있었다.

“지제는 언제 만날 수 있는데요?”

내 목소리는 조금 떨렸다. 리젤이 올빼미처럼 고개를 옆으로 기울이자 곱슬머리가 얼굴의 반을 가렸다.

“이미 만나고 있단다.”

“네?”

“내가 바로 지제야.”

“말도 안 돼…….”

고개를 저으며 뒤로 물러났다. 서늘한 벽이 등에 닿았다.

“믿기 힘들겠지. 내가 지제라는 증거를 보여 주마.”

리젤이 긴 소맷자락을 걷어 올렸다. 손목 안쪽에 땅콩 모양의 흐린 점이 있었다. 헉, 숨을 삼켰다. ‘그 애는 땅콩 모양의 점이

있는 손목에 언제나 이 끈을 팔찌처럼 하고 다녔어.' 아련한 눈
빛으로 내게 보라색 끈을 보여 주던 무하.

"하지만 당신은…… 리젤이잖아요?"

"내 본명은 지제. 결정자들의 결정자가 되고 나서 리젤이라는
새로운 이름을 받았다."

무하는 지제가 자기 때문에 뇌만 남아 고통스러운 나날을 보
내고 있다고 자책했다. 하지만 본인이 지제라고 주장하는 여자
는 온전한 몸을 갖추고 있었다.

"당신은, 신성한 아이의 제물이 된 게 아니었나요?"

"무하가 내 영혼을 분리하기 직전, 신당으로 끌려온 건 사실이
다. 그러나 나는 신성한 아이의 제물이 되지 않았어. 신성한 아
이에게는 나처럼 강한 뇌를 통제할 힘이 남아 있지 않았거든. 대
신 지금도 다른 뇌를 착취하고 있지."

나는 혼란스러웠다. 내 눈앞에서 지제라고 주장하는 사람은
무하의 이야기를 듣고 상상했던 모습과 너무 달랐다. 그래도 지
제가 살아 있는 건 다행인가? 무하는 지제를 만나면 무슨 말을
할까?

"왜 무하를 만나러 가지 않았어요? 당신이 살아 있다는 걸 안
다면 무하가 그토록 괴로워하지 않아도 될 텐데요."

"결정자들의 결정자 신분인 내가 추방된 무당을 만날 수 있을

까? 고통은 무하의 숙명이야. 그리고 내게 무하는 과거의 인연일 뿐이지. 오해하지는 마라. 한때는 그 애를 진정으로 사랑했으니까. 하지만 나에게는 사랑보다 중요한 가치가 있었다. 1년 동안 수행자로 지내며 신당이 운영되는 원리를 눈여겨보았고, 내 손으로 이곳의 규율을 만들고 싶었어. 결정자 열두 명이 모여 며칠씩 토론하는 건 너무 비효율적이었다. 어떻게 하면 내 능력을 보여 줄 수 있을까 고민한 끝에 내린 결론은, 신성한 아이에게 잡혀가는 것이었다. 신성한 아이가 감당할 수 없을 정도로 내 예지력이 강하다는 걸 결정자들이 알게 되면, 나를 결정자들의 결정자로 모시게 될 테니까."

"신성한 아이에게 잡혀가는 걸 계획했다는 말이에요? 당신은 권력을 잡기 위해 무하를 이용한 건가요?"

지제가 설핏 웃었다. 비웃음은 아니었다. 그러나 잔인한 웃음이었다.

"모든 것은 무하의 선택이었다. 밀회를 하자고 한 것도, 살아 있는 내게서 영혼을 분리하기로 한 것도."

거짓말이다. 무하가 신당의 이면으로 가는 계단에서 몰래 만나자는 편지를 먼저 보내도록 한 것도, 자기 영혼을 무하에게 깃들게 해 달라며 분리 굿을 하게 한 것도 지제였다. 무하는 그저 사랑이라고 믿은 채 지제의 계획대로 움직인 것이다.

"당신은 결정자들의 결정자가 되었으니 과거의 사랑을 버리고 뜻을 이룬 건가요?"

한껏 비꼬는 말투로 얘기하고 싶었는데 내 목소리는 겁에 질린 토끼가 내지르는 비명 같았다.

"글쎄. 아직은."

"아직은? 그게 무슨 의미죠?"

"신성한 아이는 너무 오래 살았어. 이제 신화로만 남아야 한단다. 내가 진정한 통치자가 되려면 말이야. 하지만 내 손으로 처단할 수는 없다. 그건 반란이 되어 버리니까. 그래서 네가 필요하다. 신성한 아이의 살육을 끝내는 것. 바로 네가 원하던 일이잖아?"

내게 다가온 지제가 허리를 구부려 내 눈과 높이를 맞췄다. 그의 눈동자 속에서 타오르는 불꽃은 단지 촛불이 반사된 것일까. 아니면 그 안에 다른 무엇이 있는 걸까.

"전 이토록 교활한 당신을 믿을 수가 없어요. 당신이 무하에게 말한 예언의 진실은 뭔가요?"

지제는 내 말에 대답하지 않고 무언가 기다리듯 고개를 들어 먼 곳을 바라봤다. 조금 뒤, 어디선가 낮은 뿔피리 소리가 들려왔다.

"저건 취침 시간을 알리는 소리. 이제 신당의 모든 존재, 무당

과 일꾼, 그들에게 깃든 이들까지 잠들 것이다. 너와 나도 예외
는 아니야."

지제가 제단 위의 촛불을 껐다.

"대답해 줘요. 예언이 있긴 한 건가요?"

"넌 네게 지구의 영혼이 깃든 걸 부정할 셈인가?"

"하지만……."

"쉿."

나는 목이 막힌 듯이 아무 말도 할 수 없었다. 누군가 성대를
누르는 듯한 이질감. 지제가 내 손목을 잡고 밖으로 나왔다. 신
당으로 들어와 ─ 미로 같은 복도를 지나 ─ 방으로 나를 데려갔
다. 성호에서 멀지 않은 듯 공기 중에 독특한 향과 습기가 배어
있었다.

"그럼 좋은 꿈을 꾸길."

어둠이 드리운 복도. 유령 같은 지제의 모습이 사라지고 나서
야 나는 겨우 방으로 들어설 수 있었다.

[소 로] 영인, 방금 그 느낌은 뭐였을까요? 목이 막힌 것 같았어요.

[조영인] 소로가 말하지 못한 건 지제 때문이 아닐까요?

[소 로] 어떻게 그런 일이 가능하죠?

[조영인] 만약 지제에게 예지력 말고 분리 능력도 있다면요? 저 미약

하긴 했지만, 영혼이 빨려 나갈 것 같은 느낌을 받았거든요.

조영인의 말에 덜컥 겁이 났다. 정말 그런 일이 벌어진다면. 생각만으로도 다시금 숨통이 조여드는 것 같았다.

소 로 안 돼요, 영인. 저를 떠나면 안 돼요.

조영인 그럴게요. 그러고 싶어요.

소 로 저, 무서워요. 어떻게 하면 좋죠?

조영인 언니와 얘기해 보면 어떨까요?

소 로 언니가 제 편을 들어줄 리 없어요. 만날 수 있을지도 모르겠고요.

고개를 저으면서도 언니를 떠올렸다. 내게 신당에 오지 말라고 했던 언니. 언니는 지금 무슨 생각을 하고 있을까?

조영인 소로, 일단 좀 자는 게 좋겠어요. 이러다 몸이 상하겠어요.

조영인이 나를 걱정했다. 나는 침대에 누워 천장을 바라봤다. 잠이 올 것 같지 않았다. 무하가 보고 싶었다. 불쌍한 무하. 지제가 살아 있는 것 — 단순한 생존이 아니라 결정자들의 결정자가 된 것 — 도 모르고 매일 고통의 나날을 보내다니…….

[조영인] 소로, 내가 잠들도록 도와줄게요.

따뜻한 기운이 피부 아래로 스며들어 몸 깊은 곳으로 퍼져 나갔다. 조영인의 힘이 예전보다 더 부드럽고 강인해진 것 같았다. 나는 성호에 들어갔을 때처럼 기분 좋은 노곤함에 빠져들었다.

신성한 아이와의 조우

"소로, 일어나세요. 소로."

밖에서 들려오는 가냘픈 목소리에 눈을 떴다. 문을 열어 보니 어제 내게 옷을 가져다준 아이가 있었다. 아이는 나를 보자 눈을 내리깔며 인사했다.

"신당의 이면에서 리젤이 기다리고 있습니다. 제가 그곳의 입구까지 안내해 드리겠습니다."

"잠시만요."

나는 흐트러진 머리를 그러모아 손목에 차고 있던 보라색 머리끈으로 단단히 묶었다. 자느라 느슨해진 허리끈도 동여맸다.

"이제 가요."

"불편하시겠지만…… 가는 동안 잠시 눈을 가려야 합니다."

아이가 희고 긴 천을 내밀어 보였다. 신당의 이면이 어디에 있는지 외부인에게 밝히지 않기 위함인가 보다. 나는 아이에게 괜찮다는 의미로 고개를 끄덕였다. 나보다 키가 작은 아이는 발꿈치를 들어 내 눈에 천을 두르고 뒤통수에 양 끝을 대고 꽉 묶어 주었다.

"가시지요."

아이가 내 왼편에 서서 팔짱을 끼었다. 아이에게서 갓 자른 잔디 같은, 쌉싸름한 풀 냄새가 났다. 이 아이의 깃든 이는 식물인지도 모르겠다고 생각하며 아이가 이끄는 대로 조심조심 발을 내디뎠다. 무하는 신당의 이면이 성호에서 멀지 않다고 했다. 그러니 길게 이동하지는 않을 것이다.

"언제 신당에 왔어요?"

나는 아이에게 물었다.

"저는 예언의 아이와 불필요한 말을 섞으면 안 됩니다."

"왜요?"

"저는 미천한 일꾼일 뿐이니까요."

작지만 단호한 목소리였다. 계급을 따지는 이곳의 논리에 동의할 생각은 없었지만 아이가 불편해하는 것 같아 입을 꾹 다물었다.

"이곳으로 내려가시면 됩니다. 저는 이만 물러나겠습니다."

아이가 눈가리개를 풀어 주고 조용히 뒤로 물러났다.

내 앞에는 우물처럼 둥그런 구멍이 있었다. 단순한 구멍이 아닌, 지하로 통하는 계단이었다. 여기로 내려가면, 신당의 또 다른 얼굴을 마주하게 된다. 나선형의 계단은 아래로 아래로 가파르게 이어졌다. 조금만 발을 헛디디면 한없이 추락할 듯 위태로운 계단을 묵묵히 내려갔다. 오직 내 발소리만이 고요를 갈랐다. 긴장을 놓지 않은 채 계단을 내려와 막다른 길에 다다랐다. 여기가 끝인가? 어디로 들어가야 하지? 손으로 벽을 더듬는데 스르륵, 벽이 갈라지듯 문이 열렸다.

"신당의 이면에 어서 오렴. 너에게 신성한 아이를 소개하마."

지제가 과장된 동작으로 팔을 벌려 나를 맞았다. 그의 뒤로 신성한 아이가 있었다. 무하가 내 손을 잡고 보여 줬던 것처럼, 투명한 수조 안에.

머리 윗부분이 반듯하게 잘려 나간, 희고 긴 머리카락을 가진 여자. 하얀 원피스 아래로 드러난 피부는 말라붙어 미라와 같았고, 뇌에서 시작된 수많은 전극은 몸 뒤편의 척추를 따라 연결되어 있었다. 부릅뜬 두 눈은 죽은 물고기의 눈처럼 희뿌옜다. 실제로 본 신성한 아이는 무하의 기억을 통해 봤을 때보다 훨씬 기괴한 모습이었다.

"좀 더 신성한 모습을 기대했다면 유감이네."

"신성한 아이의 모습이 끔찍한 건 알고 있었어요."

"이제 다시 흙으로 돌아가도 될 정도지? 안 그래?"

지제가 수조를 툭 건드렸다. 그러자 신성한 아이의 쭈글쭈글한 손가락이 꿈틀, 움직였다. 나는 작게 비명을 질렀다.

"놀랄 것 없단다. 전기 자극에 의한 반사작용일 뿐이야. 신성한 아이는 움직일 기력조차 없어. 자기 의사조차 제대로 표현할 수 없음은 물론이고."

지제가 낮은 목소리로 말했다. 바늘처럼 보이는 전극이 빼곡히 꽂힌 뇌. 저 뇌의 주인은 어떤 사람이었을까? 예지 무당이 되어 기쁜 마음으로 신당에 왔을 텐데, 몸을 잃은 채 뇌만 남아 신성한 아이에게 지배당한다는 운명을 예측할 수는 없었을까?

"그래요. 저렇게 살려 두는 건 의미 없는 일이에요. 다른 결정자들과 상의해 볼 생각은 안 했나요? 당신 말대로 신성한 아이의 힘이 약해졌으니 결정자들이 뜻을 모아 신성한 아이에게 살아 있는 무당의 뇌를 바치는 걸 끝내면 되잖아요?"

"소로, 세상은 그렇게 합리적으로 돌아가지 않는단다. 사람들은 초월적인 존재를 원해. 심지어 그들이 예지력을 가진 무당이라고 하더라도. 오히려 미래의 일부를 볼 수 있기에 더욱 두려워하는 것이지. 무당이 볼 수 있는 건 불완전한 미래의 조각들이니까."

지제가 거창한 말을 지껄이는 동안 나는 수조 가까이 다가가 그들이 믿는 초월적인 존재를 바라봤다. 지금은 너무나 비루한, 생명체라고도 부르기 어려운 모습이지만 한때는 신성한 아이라는 이름에 걸맞게 자신의 복제인간을 만들고 사회 기반을 세우고, 행성의 평화를 위해 노력한 한 사람. 과연 저런 모습이 신성한 아이가 원하던 삶일까? 내가 그를 위해 할 수 있는 건 당장이라도 수조에서 뇌를 꺼내 바닥에 던져 버리는 게 아닐까?

"소로, 큰일 날 생각을 하는구나."

지제가 내 생각을 읽은 듯 말했다.

"모든 일에는 절차가 있단다. 지금 신성한 아이에게 위해를 가한다면 너와 나 둘 다 죽게 될 거야."

"당신의 계획대로 하면 나만 죽고요? 전 그런 방식으로 죽고 싶지 않아요."

"계획이 아니라 예언이야. 내가 알 수 없는 것들을, 나의 깃든 이는 알려 준단다."

"어쨌거나 전 당신 뜻대로는 하지 않겠어요. 나가서 새로운 방법을 찾을 거예요."

"신당에서 나가겠다고?"

"저를 막을 건가요?"

"글쎄. 그건 중요한 질문이 아니야. 중요한 건 네가 떠나고 무고한 무당들이 신성한 아이의 다음 제물이 되어도 괜찮느냐는 것이지. 다음은 네 언니가 제물이 될 수도 있거든.”

지제가 이 일과 상관없는 언니를 끌어들였다. 가족을 이용해 나를 협박하려는 수작인가?

“언니는 분리 무당이에요. 예지력이 강한 무당만이 신성한 아이의 제물이 되잖아요.”

“과연 그럴까? 신성한 아이는 힘을 잃은 지 오래야. 예지 무당의 뇌는 그에게 특별한 의미가 없단다. 그저 신선한 뇌가 필요할 뿐. 뇌에 병변이 생겨 벌레알 같은 수포들이 돋아나면 저 괴물이 울부짖기 시작하지. 말라비틀어진 성대에서 물속으로 굉음 같은 비명을 질러 대. 그날부터 신당의 사람들은 잠을 설치고, 다음 제물을 찾는 거야. 언젠가부터 이건 제비뽑기가 되었다. 열두 명의 결정자를 제외하고 행해지는 제비뽑기 말이야. 신성한 아이로부터 누가 다음 차례인지 전달받는 건, 결정자들의 결정자, 바로 나란다.”

“하지만 신성한 아이는 의사 표현을 제대로 할 수 없다면서요.”

“역시 똑똑하구나. 다른 이들은 신성한 아이의 뜻을 내가 전달받는 거라 알고 있지만 사실은 내가 직접 제물을 고르지. 너무나 예지력이 뛰어나 내 자리를 위협할 수 있는 무당이거나 반항적인 눈빛을 가진 무당을 뽑곤 했단다. 그러니 네 언니, 해티를 고른다고 해도 반박할 사람은 없어.”

해티라는 이름이 그의 입에서 너무도 가볍게 흘러나왔다. 협박이 아니었다. 지제의 권력으로 언니는 얼마든지 희생양이 될 수 있었다.

“당신은 악마예요. 그렇게 제멋대로 하면서 왜 신성한 아이를 그냥 죽게 두지 않나요?”

“그건 불경스러운 일이 되기 때문이야. 결정자들은 신성한 아이의 죽음을 내 탓으로 돌리겠지. 그래서 난 네가 필요하다.”

“말했지만 난 당신에게 이용당하지 않을 거예요. 더 이상 희생이 일어나지 않을 다른 방법을 찾을 거라고요.”

“이용이 아니라 협력이라고 해야겠지. 지금부터 네가 예언을 따르고도 살 수 있는 방법을 알려 줄 테니까 잘 들으렴.”

내가 예언을 따르고도 살 수 있는 방법이라고? 지제는 자신의 입으로 말한 예언을 부정할 셈인가?

“신성한 아이는 신당에서 열리는 모든 의식을 참관하는 게 관례란다. 그때만큼은 신성한 아이도 무방비 상태지. 오늘 밤, 특별한 의식이 열린다. 네 깃든 이를 분리해 신성한 아이에게 지구에서 온 친구를 만들어 주는 의식이지. 네 깃든 이는 강한 영이고, 너와 유대감이 깊으니 꽤 오랜 시간이 걸릴 거야. 오늘은 잠들지 않는 밤이 되겠구나.”

"뭐가 됐든 제게서 깃든 이를 분리할 수는 없어요."

"만약 네 깃든 이가, 조영인이 그걸 원한다면?"

조영인이 나와 분리되는 걸 원할 리는 없다. 하지만 어젯밤 목이 막힌 느낌이 들었을 때 그가 내게서 빠져나갈 것 같은 기분이었다는 말이 떠올라 소름이 돋았다. 아니야, 우리는 절대 떨어지지 않아.

"그럴 리가 없어요. 절대로."

"그것이 네가 살 수 있는 유일한 방법이면? 분리 굿을 마치고 나면 너에게 신성한 아이를 끝낼 기회가 올 것이다. 네가 무하에게서 받아 온 약으로 신성한 아이의 뇌를 파괴하면 결정자들은 너를 죽이려고 하겠지. 그때 내가 나설 것이다. 나에게 깃든 이의 본모습을 밝히고 널 사면할 거야. 그렇게 한다면 결정자들도 감히 반발하지 못할 것이다. 내 손으로 끝내서는 정당성을 얻을 수가 없으니까."

"정당성 같은 소리 하지 말아요. 당신의 깃든 이의 본모습이 뭔데요?"

지제는 그 질문을 기다렸다는 듯 턱을 치켜들며 두 팔을 벌렸다.

"내 깃든 이는 아주 강력한 무당이다. 그분은 미래를 예측하는 예지 무당이자, 빙의된 영을 분리하는 분리 무당이며, 한 해의 안녕과 행복을 비는 제례 무당이었다. 그분은 신성한 아이가 그랬듯 지구에서 왔다. 오래전 지구의 무당이었던 영혼이 이 행성에 도달했고, 절벽의 바위에 깃들어 있다가 내게로 온 것이지. 그러하기에 나는 신성한 아이를 대신해 새로운 통치자가 될 수 있는 것이다.”

“당신에게 깃든 무당이, 지구에서…… 왔다고요?”

지구에서 온 영혼이자 무당이었던 영혼. 처음 만난 지제가 나를 예언의 아이라고 불렀을 때처럼 머릿속에서 찌릿한 전류가 흐르는 느낌이 들었다. 조영인은 잔뜩 긴장한 듯 단단하게 굳어 있었다.

“이제 알겠나?”

“설마…… 설마…… 당신의 깃든 이가…….”

“그래. 내게 깃든 이는 다름 아닌 조영인의 어머니란다. 무엇이 최선일지 너의 깃든 이, 영인, 아니 인이와 함께 잘 상의해 보렴.”

인이,라는 말을 들은 조영인이 비명을 질렀다. 너무나 강한 파동이 온몸을 뒤흔들었다. 나는 그대로 정신을 잃었다.

3부

어둠을 사랑하는 마음은 어떤 것일까.

이곳에, 이 우주 공간에 나 혼자 덩그러니 남겨진다면

나는 과연 어둠을 사랑할 수 있을까?

텅 빈 자

창으로 들어오는 강렬한 햇살에 눈을 떴다. 나는 작은 침대에 누워 있었다. 누가 신당의 이면에서 나를 방으로 옮겨 놓았을까? 지제가? 일꾼이? 몸을 일으키려는 순간 머리가 깨질 것처럼 아파 도로 누웠다. 나보다 더 큰 충격을 받았을 조영인이 걱정되었다.

소 로 영인, 괜찮아요?

대답이 없었다. 순간 조영인을 잃은 줄 알고 가슴이 철렁했지만 명치 아래서 희미하게 그의 기운을 느낄 수 있었다. 그는 깨어 있었다. 다만 침묵하는 것뿐이다. 이해할 수 있다. 내가 그의 입장이라도 몹시 고민될 테니까. 나는 조영인이 엄마를 각별히 그리워한다는 걸 안다. 조영인은 열세 살 때 엄마와 헤어져 먼 친척 집에 간 걸 후회했다. 엄마랑 살았다면 함께 많은 추억을 만들었을 거라며 자신의 선택을 돌이키고 싶어 했다. 그 멀고 먼 옛날, 엄마와 딸로서 못다 한 시간을 채울 기회가 이제 찾아온 건지도 모른다. 눈물이 나왔다. 처음으로 나를 충만하게 해 주는 존재를 만났는데.

어쩌면 예언은 실현될 수밖에 없기 때문에 예언이 아닐까? 지제의 뜻대로 하고 싶지 않지만 선택지가 그것뿐이라면? 조영인이 엄마의 영혼과 함께 사는 길을 택한다면 나는 지제의 말대로 분리 의식이 끝난 후 신성한 아이를 없앨 것이다. 무하를 배신한 지제라면 나를 배신할 가능성도 있지만 달리 무슨 방법이 있을까?

[소 로] 영인, 전 영인의 뜻에 따를게요.

조영인은 언제나 내 말에 빨리 대답해 주었지만 이번만은 달랐다. 고요가 이어졌고 나는 그 고요의 무게를 감내했다. 그가 마침내 대답했다.

[조영인] 지제에게 깃든 이는 제 엄마가 맞아요. 엄마는 절 항상 인이

라고 불렀거든요. 아니, 그게 아니더라도 알 수 있었어요. 처음 지제를 봤을 때부터 감전된 느낌이 들었으니까요. 하지만 엄마는 변했어요. 지제에게 동화된 거죠. 소로가 말을 못하도록 통제한 것도 엄마의 능력이었다는 생각이 들어요. 그런데도 엄마와 이야기하고 싶은 마음이 없다고 하면 거짓말이겠지만요.

소 로　　그래요. 당신이 엄마 곁에 있는 걸 원한다면 전 괜찮아요. 바닷가에서 무하랑 사는 것도 나쁘지 않아요. 어쨌든 제가 죽지 않으니까요. 집에 계신 어머니도 다시 만날 수 있고, 할머니가 될 때까지 달릴 수도 있을 거예요. 영인이 바랐듯이.

조영인　　소로, 너무 급작스러운 일이에요. 고민할 시간이 필요해요.

소 로　　알아요. 하지만 우리에겐 시간이 별로 없어요. 오늘 밤, 의식이 시작될 거예요.

또다시 눈물이 나오려는 걸 억지로 삼켰다. 조영인을 배려한다고 하면서도 내심 소로와 절대로 헤어질 수 없다고 말해 주길 바랐는지도 모른다. 하지만 그는 고민할 시간이 필요하다고 했다. 내게 어머니와 함께하고 싶다고 하기 어려우니 에둘러 말한 것이 아닐까?

[조영인] 소로, 우리 잠깐 산책할까요?

조영인이 물었다. 맑고도 부드러운 목소리였다.

[소 로] 좋은 생각이네요. 걷다 보면 두통이 좀 가실 것 같아요.

나는 신당의 뒤뜰로 나왔다. 너른 차 밭이 언덕진 지형을 따라 펼쳐졌고, 차 밭이 끝나는 곳에 절벽이 있었다. 절벽 끝에서 아득한 아래를 내려다봤다. 좁은 모래사장과 쉴 새 없이 거친 파도가 몰아치는 바다가 보였다. 가파르긴 했지만 군데군데 발을 디딜 만큼 튀어나온 바위가 있었다. 무하가 사는 곳과는 반대 방향이지만 바다는 이어져 있으니, 여차하면 저 가파른 절벽을 타고 도망칠 수 있을 것 같았다.

어디선가 피리 소리가 들려왔다. 쓸쓸함이 묻어나는 처연한 음색이었다. 소리에 이끌리듯 발걸음을 옮기자 나무 그늘 사이로 작은 정자가 나타났다. 그곳에 주홍색 옷을 입은, 내 또래의 여자아이가 앉아 있었다. 언니가 말한 적이 있는, 피리를 애착 물건으로 삼았다는 아이라고 확신했다. 그 애는 나를 보더니 피리 불기를 멈췄다. 나는 그 애에게 다가가 말했다.

"아름다운 소리네요."

"고맙습니다. 이곳으로 떠나올 때 사랑하는 이가 준 피리입니다. 소중한 물건을 지닐 수 있어 기쁩니다."

"우리 언니, 해티에게 당신 이야기를 들은 적이 있어요. 혹시 해티와 같은 방을 쓰나요?"

"그렇습니다. 당신은 해티의 동생이지요? 당신은 보지 못했겠지만 어제 당신을 환영하는 대열에 저도 있었답니다."

자기 말을 듣지 않는 나를 책망하듯 맹렬히 노려보던 언니. 어젯밤만 해도 언니를 만나는 건 별 도움이 되지 않을 거라 생각했다. 하지만 아니었다. 언니랑 같은 방을 쓰는 사람을 만나는 것만으로도 이렇게 반가운데 언니를 만나면 얼마나 안심이 될까. 비록 언니가 또 나를 타박한다고 해도 말이다. 피리 부는 아이는 나를 빤히 쳐다보다가 눈이 마주치자 고개를 숙였다. 나는 용기를 냈다.

"저…… 언니를 만나고 싶은데요. 어떻게 하면 언니를 만날 수 있을까요?"

아이의 얼굴에 망설임이 스쳤다. 그 애는 여전히 고개를 숙인 채 중얼거리듯 말했다.

"두 사람이 만나도 되는지 잘 모르겠어요. 당신은 특별한 손님이고 해티와 전 한낱 수행자니까요."

"혹시 누가 우리를 만나게 하지 말라고 했나요?"

"그런 건 아니지만……."

"그럼 좀 도와주세요. 언니에게 제가 여기 있다고 전해 주세요. 언니에게 꼭 하고 싶은 말이 있어요."

고개를 들어 나를 바라보던 아이가 흠, 소리를 내고는 입을 열었다.

"실은, 해티도 동생에게 할 말이 있는 눈치긴 했어요."

"언니가 그렇게 말했나요?"

"그냥…… 제 느낌으로요."

"부탁이에요. 언니를 불러 주세요. 여기서 기다릴게요."

아이는 난감한 얼굴로 피리를 만지작거리다가 결심한 듯 고개를 끄덕였다.

"알았어요."

"고마워요. 정말 고마워요."

"여기는 눈에 띄기 쉬우니까 이쪽으로 따라오세요."

그 애가 데려간 곳은 사람들이 오가지 않는 구석진 그늘막이었다. 관리하지 않은 지 한참 된 듯 얼룩지고 해진 천막 아래에는 지저분한 잡초가 돋아 있었다.

"곧 해티를 이리로 보낼게요."

"잠깐만요. 당신 이름이 뭐예요?"

"오츠. 내 이름은 오츠예요."

오츠는 더는 머뭇거리지 않고 빠른 걸음으로 멀어져 갔다. 언니가 내게 하고 싶은 말이 있는 것 같았다니, 궁금하면서도 한편으로 신당에 온 나를 탓할까 봐 걱정이 들었다.

언니를 기다리는 동안 멀리 밭에서 차를 수확하는 일꾼들을 바라봤다. 계획대로 됐다면 나도 저기에서 바구니를 짊어지고 찻잎을 따고 있었을지도 모른다. 하지만 신당에 도착할 때부터 계획은 어긋났고 너무나 많은 비밀과 진실을 알게 되었다.

뇌만 남아서 고통받을 거라 생각했던 지제가 결정자들의 결정자가 되어 리젤이라는 이름으로 살아 있는 것, 수백 년을 살아온 신성한 아이는 죽은 자나 다름없는 모습으로 존재한다는 것. 그리고 가장 충격적인 점은 지제의 깃든 이가 조영인의 어머니라는 것이다. 17년을 살아오면서 이렇게 많은 문제에 한꺼번에 맞닥뜨린 적은 없었다. 게다가 인생이 걸린, 목숨이 걸린 문제들이었다. 조영인은 기척을 죽이고 내 안에 침잠해 있었다. 나와 혈육 사이에서 그는 어려운 선택을 해야 한다.

저 멀리서 언니가 달려오는 모습이 보였다. 내가 다가가려 하자 언니가 거기 있으라며 손짓했다. 내 앞에 온 언니는 한참이나 숨을 몰아쉬었다. 언니의 얼굴은 창백했고 화를 누르는 기색이 역력했다.

“내가 신당 근처에도 오지 말라고 했을 텐데.”

예상했던 대로 퉁명스러운 첫마디였다.

“언니…… 언니는 어떻게 생각할지 모르겠지만…… 난 이곳에 올 수밖에 없었어.”

“나도 알아. 하지만 그래도 넌 여기 오지 말았어야 해. 어머니를 혼자 남겨 두다니.”

“어머니도 내가 떠나야 할 운명이란 걸 알고 있었어.”

“그래, 그랬겠지.”

언니가 누그러진 말투로 대답하는데 내 배에서 꾸르륵 소리가 났다. 그러고 보니 신당에 오고 나서 음식을 거의 먹지 않았다.

“그럴 줄 알고 가져왔다.”

언니는 허리에 두른 작은 가방에서 빵과 병에 든 우유를 꺼냈다. 한순간 나는 과거로 돌아간 듯했다. 아버지가 함께 있던 시절, 소풍 갔을 때 내게 빵을 잘라 건네주던 언니의 작은 손.

“저기 앉아서 먹어.”

언니가 그늘막 아래 부서진 나무판자 쪽으로 나를 데려갔다. 나는 그 위에 걸터앉아 빵을 한 입 베어 물고 우유를 마셨다. 딱딱한 치즈를 끼운 거친 호밀빵이었지만 세상 무엇보다 맛있었다.

“천천히 먹어라. 급하게 먹다 체하지 말고.”

언니가 또 타박하듯이 말했다. 나는 빵을 삼키고 조심스레 물었다.

"나한테 신당에 오지 말라고 한 거…… 언니도 예언에 대해 알고 있었던 거야?"

내 물음에 언니가 가만히 고개를 끄덕였다.

"언제부터?"

"지난번 아버지가 떠난 날을 기념하러 집에 갔을 때."

"어머니가 말씀해 주셨어?"

"아니. 신당에 가져갈 물건을 챙기는데 어머니가 서랍장에서 목도리를 가져가라고 했거든. 여름이라도 절벽 위에 부는 바람은 서늘할 거라고. 그걸 찾다가 맨 밑 서랍에서 봉인된 봉투를 찾았어. 이상한 예감에 몰래 뜯어 보니 엄마가 네게 쓴 편지였어."

"그래서 그날 밤 활을 쏘며 울었던 거야?"

"뭐야? 날 봤어?"

"어쩌다 보게 된 것뿐이야."

언니가 발끝을 내려다보며 그날 일을 얘기했다. 언니도 어릴 때부터 어머니가 편향적이라는 건 느꼈다. 하지만 언제나 깊은 사랑은 나를 향하고 있는 것 같았다고 했다. 그럴수록 자신은 어머니에게 인정받기 위해 최선을 다했다고. 언니는 다른 사람

을 먼저 생각하고 배려했는데 동생인 나는 언제나 주변은 신경
도 쓰지 않고 하고 싶은 대로만 하니, 나를 보면 화가 났다고. 그
래서 내게 더 매몰차게 굴었는데, 그날 편지를 보자 모든 의문
이 풀렸다고 했다.

"편지를 도로 봉인하고, 내 어리석음을 탓했어. 네가 여기 오
지 않기를 바란 건 우리 관계를 바로잡기도 전에 너를 잃을까
봐 두려웠기 때문이야. 넌 정말 신성한 아이를 없앨 셈이야?"

"아마도. 지금은 상황이 더 복잡해졌지만."

나는 언니에게 리젤의 계획에 대해 말했다. 언니에게 리젤의
정체가 지제라는 것까지 설명하는 건 무리였다. 그러나 리젤이
내게 깃든 이를 분리해 자기에게 깃들게 하려 한다는 사실은 반
드시 전해야 했다. 그 말을 들은 언니가 놀란 얼굴로 물었다.

"소로, 그게 무슨 소리야?"

"리젤이, 오늘 밤 의식에서 내 깃든 이를 분리한 뒤 신성한 아
이의 뇌를 파괴하라고 했어. 말로는 신성한 아이의 친구를 만들
어 주는 의식이라고 하지만, 사실 내 깃든 이를 자기 안에 중첩
시키려는 거지."

언니는 여전히 영문을 모르겠다는 표정이었다. 아니, 아니에요.
소로. 조영인의 떨리는 음성이 스며들었다.

조영인 | 어머니는 나와 한 육체에 깃들기를 원하는 게 아니에요. 자기 딸에게 살아 움직이는 육체를 선물하고 싶은 거예요. 뭔가 이상해요. 누군가의 희생을 치르면서까지 어머니가 그럴 분은 아닌데…….

무슨 말인지 조영인에게 되묻기도 전에 언니가 말했다.

"리젤은 네 깃든 이를 분리해 카리한테 넣으려는 거잖아?"

"카리에게?"

"카리는 오늘의 의식을 위해 텅 빈 자가 되었으니까."

텅 빈 자,라고 말하며 언니는 한기를 느낀 듯 몸을 떨었다. 공허했던 카리의 눈동자가 떠올라 나도 덩달아 몸이 떨렸다.

"지금 카리에게는 영혼이 없어."

언니가 목소리를 한껏 낮춘 채 말했다. 카리는 깃든 이를 분리하는 굿을 한 뒤 신당으로 끌려왔다. 그러고 나서 여기에서 두 번째 굿이 시작되었다. 그 애의 영혼을 분리하기 위한 굿이었다. 일반적인 상황이라면 영혼이 분리된 사람은 죽지만 그 애는 분리 무당의 주술로 지금 살아 있는 것이다. 영혼이 없는 껍데기가 되어 유령처럼 신당의 이곳저곳을 떠돌고 있다. 그래서 나를 알아보지 못한 것이다. 언니도 그런 카리를 보며 줄곧 마음이 편치 않았다고 했다.

흰옷을 입은 그 애와 나의 역할.

우리는 오늘 밤 의식에서 깃든 이를 주고받는 도구처럼 사용될 것이다. 살인자의 영혼을 분리한 카리를 마을에 남겨 두었다면…… 그 애는 나이가 어리니 새로운 영혼을 받아들일 확률도 높았다. 그렇지 않았더라도 온순하고 차분한 카리라면 깃들지 않은 자들의 마을에서 잘 적응했을 텐데.

신성한 아이에게 뇌를 바치는 무당들 그리고 카리와 나. 모두 소수의 욕망을 위해 쓰이고, 또 쓰일 것이다. 그걸 막을 수 있는 사람은, 나뿐이다.

"소로, 예언의 아이라고 해서 꼭 예언을 따를 필요는 없어."

"언니, 나는 도망갈 수 없어. 내게서 깃든 이를 분리하려는 것도, 카리가 자기 영혼을 잃은 채 꼭두각시로 살게 하려는 것도 용납할 수 없어."

"하지만 그 애는 이미…… 텅 빈 자가 되었잖아. 지금 달아나면 너라도 깃든 이와 함께 지낼 수 있지 않아?"

언니의 목소리는 단호하지 않았다. 시선은 자꾸 신당 안쪽, 카리가 떠돌고 있을 어딘가로 향했다.

"리젤은 내가 어디에 있든 찾아낼 거야. 언니, 카리에게 영혼을 다시 불어넣을 방법은 없는 거야?"

언니는 잠시 망설이다가 답했다.

“방법은 있어.”

“뭔데?”

“카리의 영혼이 봉인된 항아리를 여는 것.”

“그 항아리는 어디 있는데?”

“분리된 영혼의 탑. 분리 무당의 숙소 뒤편에 있어.”

“언니, 아무래도 난 카리의 영혼을 찾아 줘야겠어. 그리고 신성한 아이를 없앤 뒤 탈출할 거야.”

“너무 무모한 짓이야.”

“그렇지만 언니도 나랑 같은 생각 아니야?”

언니는 입을 꼭 다물고 나를 노려봤다. 언니도 카리를 구하고 싶은 마음이라는 데는 의심의 여지가 없다. 그러나 언니는 신당에 속한 무당이다. 이곳의 규칙을 어기면 무당 자격을 박탈당할 것이다. 나 때문에 언니의 운명까지 바뀌게 하고 싶지는 않았다.

“언니, 나를 분리된 영혼의 탑에 들어가게 해 줘. 그 뒤에는 내가 어떻게든 해 볼게.”

“어떻게든 한다고? 넌 카리의 영혼 항아리가 어떻게 생겼는지도 모르잖아?”

답답해 죽겠다는 말투를 들으니 평소의 우리로 돌아간 것 같아 나도 모르게 웃음이 나왔다.

“웃어? 지금 웃음이 나온다고?”

"언니랑 있어서 그런가 봐."

내 말에 언니도 피식 웃었다. 살짝 내려온 눈꼬리, 느슨하게 풀린 입가. 낯설면서도 익숙한 모습이었다.

"소로, 나랑 같이 가자. 카리는 내 친구이기도 하니까."

"언니, 정말 괜찮겠어?"

"괜찮지 않지. 하지만 난 네 언니잖아."

"언니……."

수척해진 언니의 옆얼굴. 어머니의 편지를 본 뒤 언니도 많은 걸 되짚어 보았겠지. 신당에 와 있는 동안에도 잠 못 이루며 고민했을 것이다.

"잠깐 여기서 기다려. 숙소에 다녀올 테니."

"숙소에는 왜?"

"급하게 오느라…… 화살통을 놓고 왔어."

내게 먹을 걸 챙겨다 주느라 화살통을 놓고 왔나 보다. 언니는 여기 있어,라고 확인하듯 말하고는 숙소 쪽으로 달려갔다. 나는 다시 나무판자에 걸터앉았다. 다행히 지나가는 사람은 없었다. 가만히 절벽을 바라보고 있으려니 리젤의 말이 떠올랐다. 조영인의 어머니는 저 절벽의 바위에 깃들어 몇백 년을 보냈다. 조영인은 아무도 없는 우주에서 몇백 년을 떠돌았다. 카리를 구할 수 있다는 데 잠시 들떴던 나는 그것이 조영인의 입장을 고려하지 않은 이기적인 생각이었다는 걸 깨달았다. 하지만 카리를 텅 빈 자인 채로 내버려둘 수는 없었다.

소 로   영인, 미안해요. 전 카리를 구해 주고 싶어요. 카리를 데리고 이곳에서 나가고 싶어요.

조영인   그래요. 그렇게 해요.

소 로   어머니와 헤어져도 괜찮아요?

조영인   소로, 저도 무고한 이의 희생은 원치 않아요. 카리의 몸을 제 것처럼 쓴다면 난 죄책감에 살아갈 수 없을 거예요.

소 로   하지만 어머니와 함께 있고 싶잖아요?

조영인   왜 그렇지 않겠어요.

소 로   영인…….

조영인   엄마 곁에 남겠다는 게 아니라 그저 마음이 그렇다는 의미에요. 엄마가 바위에 깃들어 저처럼 한없이 고독한 시간을 보냈을 거라고 생각하니 마음이 아파서……. 엄마와 저는, 비록 함께한 추억은 많지 않지만 보이지 않는 끈으로 연결되어 있었어요. 어쩌면 제가 이 행성에 와서 소로에게 깃든 것도 엄마와의 끈 때문이었는지 몰라요. 지금도 그 끈은 이어져 있어요. 이곳에 오고 나서부터 엄마의 존재를 더 강하게 느끼니까요. 다만 그 끈은 변색된 것 같아요. 지제에게 깃든 엄마는 변했어요. 예전과 같은 맑은 기운이 사라졌어요. 소로, 나는 앞으로 당신과의 끈을 더 소중히 여길 거예요. 당신을 놓지 않을 거예요.

소 로) 그건 앞으로 저와 함께할 거란 뜻인가요?

조영인) 당연하죠. 전 소로와 함께할 거예요. 내 영혼이 소멸하는 날까지.

조영인의 말에 술렁이던 마음이 가라앉았다. 두려움과 망설임도 잦아들었다. 깃든 이와 소통할 때 가장 좋은 건 서로가 진심을 말하고 있음을 알 수 있다는 점이다.

"소로, 어서 가자."

그사이 화살통을 메고 돌아온 언니가 말했다. 가쁜 숨을 내쉬며, 결의에 찬 눈빛으로.

"정말 나를 도와줘도 괜찮겠어?"

"착각하지 마. 네가 아니라 카리를 도와주는 거야."

언니다운 대답이었다. 차가운 말투 뒤에 숨겨진 온기를 이제는 느낄 수 있다.

"언니는 어떡할 건데?"

"벌을 받겠지. 내게 깃든 이를 빼앗기는 벌을."

"언니······."

"괜찮아. 난 깃들지 않은 자들의 마을에 갈 거야. 나 사실, 아버지가 보고 싶었어."

언니가 내 어깨를 툭툭 두드렸다. 그 옛날 아버지가 커다란 손으로 내 어깨를 두드려 주었던 것처럼. 투박하지만 다정했던 손길.

우리는 뒤뜰을 가로질러 신당 부지의 서쪽 끝에 있는 분리 무당의 숙소로 향했다. 절벽에서 가장 가까운 숙소 뒤에는 검은 벽돌로 지은 삼각뿔 모양의 건물이 있었다. 분리된 영혼의 탑. 봉인된 영을 모아 두는 탑이었다. 분리 무당의 수장은 3년에 한 번씩 이곳 영혼의 상태를 검사하고, 영혼이 소멸한 항아리는 신당 뒤편의 절벽으로 던져 버린다. 분리 무당들은 누구나 이곳을 자유롭게 드나들며 분리된 영혼의 파장을 느낀다. 그것도 수련의 한 과정이다.

"넌 여기서 기다려."

언니가 탑 앞에 멈춰 서서 말했다.

"같이 갈래."

"말 좀 들어."

"여기서 기다리다가 들키면 더 곤란하지 않겠어?"

언니는 못 말리겠다는 듯 고개를 젓고는 발밑을 조심하라고 당부했다.

탑 안은 바깥과 전혀 다른 세계 같았다. 빛이 새어 들어오지 않는 완벽한 어둠. 벽돌이 뿜는 냉기가 살갗을 파고들었다. 아무것도 보이지 않았지만 언니는 익숙한 듯 앞으로 나아갔다. 나는 언니 뒤를 바짝 따라갔다. 서서히 바닥에 있는 항아리들이 눈에 들어왔다. 두 손에 딱 들어올 만한 크기의 항아리들은 변덕스러운 도예가가 빚은 듯 모양과 색깔이 제각각이었지만 뚜껑은 밀랍과 부적으로 단단히 봉인되어 있었다. 달그락달그락, 암흑 속에서 기묘한 소리가 들렸다. 나는 목소리를 낮추고 물었다.

"이건 무슨 소리야?"

"봉인된 지 얼마 지나지 않은 영들이 움직이는 소리야. 자기가 갇힌 줄도 모르고."

언니는 허리를 잔뜩 구부린 채 움직이며 항아리 뚜껑을 하나하나 들여다봤다. 이 안에 무수한 영혼이 갇혀 있다고 생각하니 경이롭기도 하고, 카리에게 깃들었던 영혼처럼 사악한 영도 있다고 생각하니 두렵기도 했다. 아버지의 깃든 이도 소멸하지 않았다면 이곳에 있었을 텐데.

"이상하다. 여기쯤 있어야 할 텐데."

언니가 가지런히 늘어선 항아리 사이를 조심스레 오가며 말했다.

"누가 들어오는 건 아니겠지?"

"낮에는 잘 들어오지 않아. 그래도 서둘러야 해."

지나온 길을 다시 살펴보던 언니가 회색빛이 도는 작은 항아리를 두 손으로 감싸듯 들어 올렸다.

"어, 찾았다!"

"거기에 카리의 영혼이 담겨 있어?"

"응. 이 표식을 봐."

언니가 항아리 뚜껑을 내게 내밀었다. 밀랍으로 덮인 뚜껑 위에는 부적이 말라붙어 있었다. 그리고 가장자리에 카리의 이름과 날짜 그리고 의미를 알 수 없는 상형문자 같은 것이 빼곡하게 새겨져 있었다.

"금방 찾을 줄 알았는데 생각보다 오래 걸렸네. 카리의 영혼 항아리라서 올 때마다 눈여겨봐 두었는데 위치가 좀 바뀐 것 같기도 하고, 느낌이 좋지 않아."

언니가 한숨을 내쉬며 말했다. 나를 돌아보는 언니의 안색이 지나치게 창백했다.

"이제 카리를 찾으러 가자, 소로."

"언니, 좀 쉬어야 할 것 같아. 얼굴이 창백해."

"아니야. 그럴 틈 없어."

항아리를 꼭 끌어안은 채 언니는 걸음을 재촉했다.

탑에서 나와 본당으로 향하려는 찰나, 길모퉁이에서 피리 소리가 들려왔다. 애틋하고 쓸쓸한 선율. 우리가 가까워지자 피리 부는 소리가 뚝 끊겼다. 그곳에 오츠가 서 있었다. 그 애의 시선은 언니가 안고 있는 항아리에 꽂혀 있었다.

"해티, 네가 왜 그걸 갖고 있는 거야?"

"오츠, 우릴 못 본 걸로 해 줘."

언니가 나서서 말했다. 오츠는 세차게 고개를 저었다.

"그럴 순 없어. 어떤 경우에도 신당의 질서를 파괴해선 안 돼."

"오츠, 우린 같은 방을 쓰며 많은 얘기를 나눴잖아. 너와 나, 친구 아니었어?"

"나는 네 친구이기 전에 신당의 질서를 돌보는 제례 무당이야."

삐이, 오츠가 큰 소리로 음조 없이 피리를 불자 사방에서 하늘색 옷을 입은 예지 무당, 열두 명의 결정자들이 나타났다. 그들 한가운데 지제가 있었다. 언니는 완전히 굳었는데도 항아리를 든 손만은 대책 없이 떨렸다.

"소로, 어떡하지?"

"언니, 항아리를 열자. 봉인을 풀면 영혼이 제자리를 찾아간다고 했잖아."

카리에게 영혼이 돌아가면 또 무슨 일이 벌어질지 모른다. 하지만 이대로 포기하면 카리는 텅 빈 자로 남게 될 것이다. 언니가 항아리에 붙은 표식을 뜯어내고 항아리 뚜껑을 열려 했다.

"이게 잘 안 열려."

"줘 봐, 언니. 내가 열어 볼게."

"아니야, 내가 할 수……."

"해티, 항아리를 이리 내!"

어깨가 넓은 결정자가 우리를 향해 성큼 다가왔다. 언니는 이를 악물더니 항아리를 발치에 힘껏 내던졌다. 날카로운 소리를 내며 항아리가 깨졌다.

기이잉. 고막을 짖는 듯한 파장이 울렸다. 언니는 그 자리에 무릎을 꿇더니 힘없이 쓰러졌다. 언니의 코에서 피가 흘렀다. 나는 엎어진 언니의 어깨를 쥐고 흔들었다.

"언니? 정신 차려, 언니!"

"이런. 어리석은 짓을 해 버렸구나."

지제가 비웃음을 머금고 말했다.

"너희들은 의식을 행하기 전까지 얌전히 있어야겠다."

예지 무당 두 명이 쓰러진 언니의 팔을 붙들고 바닥에 질질 끌며 데려갔다. 언니의 손끝이 한순간 나를 가리킨 듯했지만 이내 아래로 떨어졌다. 내 옆으로도 두 명의 예지 무당이 다가와 팔짱을 꼈다.

"왜 이래요? 이거 놔요!"

"놀라지 마십시오. 숙소로 가는 것일 뿐입니다."

정중한 말과 달리 행동은 거칠었다. 키가 큰 그들은 나를 양쪽에서 들어 올리다시피 끌고 갔다. 발버둥 쳐 봤자 소용없는 일이었다.

"의식이 시작될 때까지 얌전히 계십시오."

그들이 나를 방에 밀어 넣었다. 닫힌 문을 밀고 두드리고 발로 찼지만 밖에서 잠근 듯 열리지 않았다. 나는 침대에 쪼그리고 앉아 손톱을 물어뜯었다. 언니는 괜찮을까? 왜 정신을 잃은 걸까? 항아리가 깨졌으니 카리는 영혼을 되찾았을까?

소 로) 영인, 어떡하죠? 난 이제 어떡해요? 언니는 괜찮을까요?

조영인) 소로…… 어머니가…… 나를…… 누르고 있어요. 힘이 약해지는 게 느껴져요.

소 로) 안 돼요. 힘을 잃으면 안 된다고요.

조영인) 미안해요, 소로. 잠시 쉬고 싶어요.

내 안에서 조영인의 존재가 조그매졌다. 작고 단단한 덩어리가 된 것처럼.

천장으로 들어오던 빛이 사그라들고 있었다. 밤이 오면 의식이 시작될 것이다. 오늘은 잠들지 않는 밤이 될 거라고, 지제는 말했다. 이제 나는 카리뿐만 아니라 언니도 구해야 한다. 방법은 보이지 않고, 한없이 희미해지는 느낌이다. 일단은 가방에서 호리병을 꺼냈다. 신성한 아이의 뇌를 녹일 수 있는 가루가 든 병을 주머니 깊숙이 넣었다. 상상하고 싶지 않지만 아무도 구하지 못하는 상황이 오면, 앞으로 다가올 희생이라도 막아야 할 테니까.

의식의 시작

둥…… 둥…… 둥…….

메마른 공기 속에 북소리가 울려 퍼졌다. 의식의 시작을 알리는 북소리다. 속이 울렁거려 토할 것 같았다.

방문이 열리고 예지 무당 둘이 들어왔다. 또다시 나를 끌고 가려 해서 그들의 손을 뿌리치고 내 발로 따라가겠다고 했다. 신당 안은 적막했다. 성호에서 열리는 사전 의식은 마무리된 듯, 바닥에는 물 발자국만이 남아 있었다. 불현듯 모든 건 지제의 계획대로 돌아간다는 생각이 들었다. 만약 지제가 언니와 내가 탑에 들어간 것조차 예견하고 있었다면? 아니, 그런 가정은 소용없다. 설령 그렇다고 해도 나는 내가 할 수 있는 일을 해야 한다.

예지 무당들은 안뜰을 지나 탑문 밖으로 나를 데려갔다. 그곳에는 이미 의식을 위한 제단이 차려져 있었다. 형형색색의 옷을 입은 무당들은 대열을 이룬 채 대기했다. 나를 맞이한 날과 다른 점은 깃발을 들지 않았다는 것뿐이었다.

제단 양옆으로 타오르는 횃불이 물이 가득한 수조에 비춰 어른거렸다. 수조 안에는 신성한 아이가 있다. 나는 무당들의 얼굴을 살펴봤다. 그들은 하나같이 경배하는 표정으로 수조를 바라보고 있었다. 환각에 취하는 차를 마신 것처럼 전극과 전선이 주렁주렁 연결된 신성한 아이의 모습에 의구심을 품는 듯한 이는 없었다.

예지 무당들이 제단 앞으로 나를 데려갔다. 꿇어라. 그들이 말했다. 나는 무릎을 꿇었다. 내 앞에는 역시 무릎을 꿇은 카리가 있었다. 그 애의 눈은 초점이 없고, 입은 약간 벌어진 채였다. 여전히 영혼을 찾지 못한, 텅 빈 자의 모습이다. 언니가 카리의 영혼이 든 항아리를 깼는데 어째서일까?

끊어질 듯 끊어지지 않던 느린 북소리가 멈추었다. 제례 무당들이 낮은 음조의 노래를 불렀다. 노래라기보다 기도문을 읊조리는 것 같았다. 나는 이 굿을, 의식을 행할 분리 무당이 어디 있는지 둘러봤다. 하지만 검고 노란 옷을 입은 분리 무당은 보이지 않았다.

찰랑, 찰랑, 찰랑……

방울 소리가 느리게 들리는 쪽을 바라보니 지제가 제단으로 다가오고 있었다. 분리 굿을 할 때처럼 귀를 울리는 소리가 아닌, 악기를 연주하는 듯 정돈된 방울 소리였다.

찰랑, 찰랑, 차르르르…….

소리는 제례 무당들의 노래와 묘하게 어우러졌는데 그 선율에 귀를 기울이다 보면 나까지 환각에 취할 듯 어질어질했다. 지제는 일정한 리듬으로 방울을 흔들며 제단 뒤에 섰다. 수조 뒤로 비치는 그의 모습이 마치 신성한 아이의 분신 같았다.

나는 심호흡하며 마음을 다잡았다. 내가 할 수 있는 일을 생각했다. 어쩌면 이건 최악의 상황인지도 모른다. 언니를 구하고 싶지만, 구해야 하지만 어디 있는지조차 알 수 없다. 지금 가능한 건 신성한 아이를 없애고 카리와 함께 도망치는 일뿐이다. 절벽을 타고 내려가자. 운 좋게 빠져나간다면 무하에게 가면 된다. 본격적인 분리 굿이 시작되기 전에, 돌이킬 수 없게 되기 전에 이 병을 수조에 던져 넣어야 한다. 나는 주머니 속 호리병을 만졌다. 손끝에 닿는 차갑고 매끄러운 감촉.

방울 소리가 멈추고, 제례 무당들이 노래를 그쳤다. 지제가 제단 위로 올라섰다. 수조 옆에 나란히 서서 팔을 벌리고 외쳤다.

"오오, 신성한 아이여! 당신을 축복합니다!"

무당들이 일제히 엎드려 절했다. 엎드린 채 지제의 말을 따라

했다.

"오오, 신성한 아이여! 당신을 축복합니다."

지제는 두 눈을 감고, 두 팔을 하늘로 치켜들었다. 그의 입에서 내가 알아들을 수 없는, 고대의 주문처럼 들리는 말이 쏟아져 나왔다. 그건 조영인이 처음 깨어났을 때 하던 언어와 비슷했다. 무당들은 엎드려 신성한 아이를 찬양했다. 더욱 깊게, 더욱 열렬히.

지금이다. 나는 직감했다.

주머니 속에서 쥐고 있던 호리병의 뚜껑을 한 손으로 열었다. 심장이 당장 폭발한다 해도 멈출 수 없었다. 나는 제단 위로 단숨에 올라갔다. 열린 병을 수조에 던져 넣었다.

모든 것이 멈춘 듯한 감각 속에서 수조만이 내 눈에 들어왔다. 병에서 뿜어져 나온 희뿌연 가루가 수조 안에 퍼졌다. 신성한 아이에게 연결된 뇌에서 회색 연기가 피어오르더니 전극과 전선, 마침내 뇌마저 녹아내렸다. 말라비틀어진 육체는 끓어오르듯 부풀며 붉은 수포로 뒤덮였다. 지제는 머리를 부여잡고 비명을 질렀다. 하지만 비명조차 다분히 연극적이었다. 엎드려 있던 무당들이 고개를 들었다. 그들은 환각 속에서 어떤 모습을 보았는지 더욱 황홀해했다. 어떤 이는 연신 절을 해 대고, 어떤 이는 소리를 질렀으며, 어떤 이는 옷을 벗어 던지기도 했다. 환각에 취하지 않은 열두 명의 결정자들만이 나를 인식하고, 나를 향해 달려왔다. 나는 도망쳤다. 제단을 뛰어 내려와 여전히 무릎 꿇은 카리의 손목을 끌어당겼다.

"카리, 제발 정신 차려! 나랑 같이 가자!"

카리는 끙끙 소리를 내며 울음이 터질 듯한 얼굴로 버텼다. 어찌나 힘이 센지 꿈쩍도 하지 않았다. 주저할 시간이 없었다. 어쩔 수 없이 나 혼자 달아났다. 신당을 통과해 미로처럼 얽힌 복도를 지났다. 중간에 막다른 길에 들어서기도 했지만, 쫓아오는 무리를 따돌리며 달리고 또 달렸다. 결정자들의 발소리가 점점 가까워졌다. 하지만 나는 이곳을 벗어날 것이다. 누구보다 빨리 달릴 자신이 있으니까.

마침내 신당을 벗어나 뒤뜰로 뛰쳐나갔다. 휘몰아치는 바람을 온몸으로 맞으며 절벽 앞에 다다랐다. 절벽 끝에는 누군가가 서 있었다. 언니였다. 등에 화살통을 메고, 손에 활을 든 채.

"언니, 무사했구나! 우리 절벽으로 도망가자!"

놀람과 안도를 담아 크게 외쳤다. 언니가 나를 보며 웃었다. 반가움의 미소가 아닌, 입꼬리를 억지로 당긴 듯 찢어진 웃음이었다.

"언니? 왜 그래?"

언니는 소름 끼치는 웃음을 지우지 않은 채 화살을 끼웠다. 활시위가 팽팽하게 당겨졌다. 나는 그때까지도 언니를 믿고 있었다. 언니가 내 뒤에 따라오는 결정자들을 겨누는 거라고. 하지만 아무리 위급한 상황이라도 사람을 해쳐서는 안 된다. 필사적으로 팔을 내저으며 언니를 막아섰다.

"언니, 안 돼! 사람들에게 활을 쏘면! 어서 도……."

도망가자는 말을 끝맺기 전, 언니의 화살이 내 가슴에 박혔다. 왼쪽 가슴 아래, 갈비뼈가 끝나는 곳에. 무슨 일이 일어난 건지 머리로 인지하기도 전에 몸이 바닥으로 곤두박질쳤다. 타는 듯한 통증이 왼쪽 가슴 아래로부터 온몸으로 퍼져 나갔다. 입안으로 핏물이 넘어왔고, 눈앞이 흐려졌다. 간신히 고개를 들어 언니를 올려다봤다. 언니는 나를 내려다보며 낯선 얼굴로 낄낄거렸다. 살인자의 웃음, 광기 어린 눈빛. 저건 언니가 아니다.

"어리석고도 어리석은 자매로구나."

나를 따라온 지제가 언니를 밀어 쓰러뜨렸다. 덩치 큰 결정자가 언니를 결박했다. 언니는 바닥에 엎드려 짐승처럼 울부짖었다. 분을 못 이기는 듯 마구 몸부림쳤다.

"너희가 가져온 항아리 안에는 카리의 것이 아니라, 카리에게서 분리된 살인자의 영혼이 들어 있었지. 네 언니, 해티는 지금 그 영혼에 지배당하고 있단다."

"아, 안 돼. 당신이 항아리를 바꿔치기한……."

숨이 차올라 말을 끝맺을 수가 없었다. 감당할 수 없는 통증이 자꾸 현실감을 지웠다.

"실망이야. 해티는 항아리 안의 영이 바뀐 것조차 알아내지 못하는 무능력한 분리 무당이더구나."

지제의 말은 틀렸다. 언니는 뭔가를 짐작했다. 얼굴이 창백해진 것도 그렇고, 항아리를 들었을 때도 느낌이 이상하다고 했다. 언니가 나를 도와주려고 급히 서두르지 않았다면 영혼이 바뀐 걸 알아차릴 수도 있었을 텐데…….

한쪽 무릎을 꿇고 앉은 지제가 내 턱을 움켜쥐고는 속삭였다. 차갑고 독이 서린 목소리로.

"소로, 네가 죽기 전 너의 깃든 이를 불러내야겠다. 카리를 텅 빈 채로 두면 가여우니까."

"카리를…… 내버려 둬……."

더 이상의 희생은 안 된다고, 더는 죄를 짓지 말라고 말하고 싶지만 입에서는 피가 섞인 기침만 나왔다.

나는 이대로 죽는 걸까? 그럴 수는 없다.

이대로 죽어 버리면 조영인을, 나의 깃든 이를 만나지 못한다.

영혼 상태로라도 함께 있으려면 이대로 죽어선 안 된다. 카리가 꼭두각시가 되는 것도 막아야 한다.

"당신 뜻대로 되지 않을 거예요, 절대로."

나는 의식을 놓지 않으려 안간힘을 썼다. 갈비뼈 아래에서 뜨겁고 진득한 피가 울컥 솟았다. 손끝과 발끝의 감각은 사라진 지 오래였다. 의지와 상관없이 눈이 자꾸 감겼고 정신이 흐려졌다.

"난 언제나 뜻을 이뤘단다."

지제의 오만한 목소리. 다음 순간, 내 몸이 공중으로 들렸다. 머리를 묶은 끈이 바닥으로 떨어졌다. 보라색 끈은 피로 물들어 새빨갰고, 나를 들고 가는 무당들의 손 역시 새빨갰다. 지제는 언제나처럼 가벼운 걸음으로 앞장섰다. 그들은 내가 도망쳐 온 길을 거슬러 안뜰과 탑문을 지나 제단으로 향했다. 여전히 무당들은 무아지경에 빠져 있었다.

피를 너무 흘려서일까. 나도 그들과 다르지 않은 것 같았다.

환각을, 저 멀리서 나를 데리러 오는 저승사자를 볼 수 있었으니까.

저승사자는 검은 옷을 입고, 검은 말을 타고 있었다. 아니, 그는 저승사자가 아니었다. 무하였다. 땋았던 머리카락을 풀어 헤친 채 갈기처럼 휘날리는 무하는 고대의 전사를 닮았다.

"무하?"

제단 앞에 선 지제가 비명처럼 무하의 이름을 토해 냈다.

“지제, 오랜만이다.”

무하의 목소리는 낮고 깊었다. 그 안에는 분노와 상처, 슬픔이 뒤섞여 있었다.

“네가 어떻게 여기에?”

“하찮은 능력이지만, 진실된 능력은 소중한 이를 지키기 위해 필요한 걸 보여 주더구나.”

무하가 말에서 내려 검을 빼 들었다. 결연한 눈빛과 단호한 동작. 곧 검의 끝이 지제의 목을 향했다. 사방에 있던 결정자들이 약속한 듯 무하에게 칼을 겨눴다. 무하는 흔들리지 않고 일갈했다.

“모두 칼을 거두라. 그리고 그 아이를 내 앞에 두고 물러나라. 허튼짓하면 결정자들의 결정자 목을 벨 것이니.”

결정자들은 눈빛을 주고받더니 나를 무하의 발아래 내려놓았다. 그러고는 무하를 경계하며 주춤주춤 뒤로 물러났다. 이제 무하의 칼끝은 지제의 목에 닿아 있었다. 이미 살짝 베인 듯 하얀 피부에서 실금 같은 피가 흘러내렸다.

“무하, 보고 싶었어. 너를 그리워하지 않은 날이 없었어.”

지제가 떨리는 목소리로 말했다. 커다란 눈에는 눈물이 그렁그렁 차올랐다. 하지만 무하는 눈을 가늘게 뜨고 말했다.

“연극은 필요 없다, 지제.”

얼음처럼 차가운 목소리였다.

"넌 너무 많은 이들을 죽였어. 내가 살아 있는 이유를 알았다. 한때 사랑했던 네가 더 끔찍한 악마가 되는 걸 막기 위해서야."

"오해야, 무하. 나도 살아남기 위해 어쩔 수 없이 한 일이야. 언젠가 너를 다시 만나기 위해."

"변명은 듣고 싶지 않아. 여기서 끝내자."

"무하, 사랑해. 난 잠들기 전 매일 너의 감촉을 되새겼어. 계단에서 나눈 우리의 입맞춤, 그게 얼마나 진실됐는지 너도 알잖아."

잠시, 무하의 칼끝이 떨렸다. 어쩌면 무하는 지제를 죽일 수 없을지도 모른다. 여기서 지제가 죽지 않는다면, 그다음은 어떻게 되는 걸까? 여태껏 그랬던 것처럼 지제가 바라는 대로?

"지제, 나도 널 사랑했다. 나야말로 널 잊은 적이 한순간도 없단 걸 잘 알고 있겠지."

지제는 가련한 눈빛으로 무하를 바라봤다. 마치 자신이 피해자인 양.

"그때 넌 순수했다."

무하가 눈을 질끈 감았다 떴다. 검은 눈동자 속에 푸른 기운이 서려 있었다.

"그러나 지금 네게 그때의 영혼은 남아 있지 않아. 너의 사악함이 네 깃든 이마저 물들일 정도로 타락했지.”

칼끝의 미세한 떨림이 멎었다. 무하는 마지막 망설임을 삼키고, 긴 검을 크게 휘둘렀다. 조금도 흐트러지지 않은 동작이었다. 지제의 목이, 허공을 날아 바닥으로 떨어졌다. 기다란 갈색 머리카락이 바닥에 부채처럼 펼쳐졌다.

[조영인] 어머니!

조영인이 짧게 탄식했다. 그의 충격과 절규가 내 혈관을 타고 내달렸다. 울컥, 나는 핏덩이를 토해 냈다.

아직 숨이 끊어지지 않은 지제의 머리가 말했다.

“무하, 날 거둬 줘. 분리 굿을 해서 네게 깃들게 해 줘.”

“넌 이제 나와 함께할 수 없어. 내가 너를 받아들이길 원하지 않는다.”

“안 돼. 무하, 날 버리지 마. 내가 널 얼마나 사…….”

지제는 절규하듯 입을 벌린 채 숨을 거뒀다. 그러자 기다렸다는 듯 결정자들이 우리를 에워쌌다. 그들의 칼끝이 다시금 우리를 향했다. 무하가 그들을 향해 돌아서서 천둥 같은 목소리로 말했다.

“나는 14년 전 이자의 계략으로 신당에서 쫓겨난 검은 무당이다. 너희들은 결정자라고 불리면서 리젤이 무슨 일을 꾸미는지 정녕 몰랐단 말이냐? 신성한 아이를 우상으로 섬기고, 중요한 결정은 리젤에게 맡기며, 나태한 권력을 유지하기에 급급했기 때문 아니냐? 어서 가까이 오라. 리젤의 피가 묻은 검으로 너희의 목도 내리쳐 주겠다."

예지력이 뛰어나다는 이유로 신당에서 다른 이들 위에 군림했던 결정자들은 무하의 기세에 눌려 슬금슬금 뒷걸음쳤다. 당당하던 풍모는 간데없이 초라하고 초췌했다. 그들은 권력을 탐하게 되면서 예지력을 잃어버린 게 아닐까.

"가자."

무하가 가쁜 숨을 내쉬는 나를 감싸안아 말에 태웠다.

"늦게 와서 미안하다. 내 예지력의 한계야."

나는 언니가 있던 자리를 돌아봤다. 결정자들과 함께 언니도 어디론가 사라지고 없었다. 나는 남은 힘을 짜내어 무하에게 말했다.

"언니를…… 언니를 도와줘야 하는데. 살인자의 영혼이……."

"알아. 내가 네 언니를 찾아내 분리 굿을 해 주마."

무하가 천천히 말을 몰며 말했다.

"깃들지 않은 자들의 마을에 가서 아버지와 살 수 있도록."

그건 언니가 바라던 바다. 다행이다. 그런데 카리는…… 텅 빈 자가 된 불쌍한 아이의 운명은 어떻게 될까.

"카리도……."

"그래. 카리의 영혼도 반드시 찾아 줄 테니 그만 말하려무나. 그만 말하고 이걸 삼켜."

무하가 손톱만 한 환약을 내 입에 넣어 주었다. 입에 고인 핏물로 약을 삼켰다. 비릿한 피맛과 쓴맛이 섞여 구역질이 날 것 같았지만 목으로 넘어간 순간부터 서서히 통증이 누그러졌다. 나는 흔들리는 말 위에서 영혼의 중첩에 대해 생각했다. 나의 영혼이 육체에서 분리되고 조영인과 나의 영혼이 중첩된다. 누군가에게 깃들어 함께 살아간다. 그건 어쩌면 내가 바라던 바인지도 모른다.

모든 것은 우연이 아니다. 정해진 운명대로, 순리에 맞는 쪽으로 흘러간다.

[조영인] 힘을 내요, 소로. 내가 여기 있어요.

다정한 목소리가 내 안에 번졌다. 나는 안도했다.

[소 로] 고마워요, 영인. 그리고 미안해요. 나 때문에 어머니가…….

[조영인] 사과하지 말아요. 자책하지도 말아요. 어머니는 이제 평안하

니까요.

조영인은 슬픔을 머금은 채 천천히 말했다.

저에게는 보여요. 자유로워진 어머니의 영혼이. 더는 지배하거나 지배당하지 않고, 본연의 어머니로 돌아가고 있어요. 소로에게도 보이나요?

흔들리는 말 위에서 나는 보았다. 영롱한 빛깔의 입자들이 검푸른 하늘로 흩어져 가는 것을.

함께 우주로

억지로 눈꺼풀을 들어 올렸다. 내 앞에 무하의 얼굴이 있었다. 내 머리는 그의 무릎 위에 놓여 있었고, 아득히 파도치는 소리가 들렸다. 바닷가로 돌아온 것이다.

"미안해."

눈동자가 온통 붉어진 채, 그가 속삭였다. 나는 힘겹게 숨을 고르며 말했다.

"괜찮아요. 죽는 건 두렵지 않아요. 하지만 조영인, 나의 깃든 이와 절대로 헤어지기 싫어요."

무하가 내 이마에 손을 얹었다.

"그래. 헤어지지 않아. 방법이 있어."

"정말요?"

"둘의 영혼이 함께 우주로 떠나는 거야. 네 육체에서 두 사람의 영혼을 떼어 내는 거지. 내가 할 수 있는 게…… 그것밖에 없다."

"좋아요. 무조건, 무조건 갈 거예요!"

나는 마지막 기운을 끌어올려 외쳤다. 소리가 가슴을 울리자 갈비뼈 아래 뜨거운 피가 솟구쳤다. 쉬, 쉬, 무하가 아이를 어르듯 나를 달랬다.

"이걸 좀 마셔. 통증이 줄어들 거야."

입술 사이로 미지근한 액체가 흘러 들어왔다. 역시나 입안에 쓰디쓴 맛이 퍼졌다.

"미안하다. 피를 멈출게 할 수는 없구나."

감각이 둔해지고 몸에서 힘이 빠져나갔다. 내게 목숨이 붙어 있는 시간이 얼마 남지 않았다는 걸 느낄 수 있었다.

"미안합니다."

무하가 말했다. 조영인을 향한 말이었다. 괜찮아요. 조영인이 답했다. 나도 괜찮다. 나의 깃든 이와 함께라면.

"우리를…… 우주로 보내 줘요. 어서 분리 굿을…… 해 줘요."

나는 무하에게 간신히 말하고 다시 정신을 잃었다.

"준비는 끝났어."

무하가 나지막하면서도 또렷한 목소리로 나를 깨웠다. 얼마 남지 않은 피가 심장으로 몰리는 듯 가슴이 요동쳤다. 검은 옷 위에 노란 망토를 두른 무하는 나를 안아 들었다. 그의 체온이, 식어 가는 내 몸과 더욱 대비되어 뜨겁게 느껴졌다.

무하는 나를 도마뱀 바위의 꼬리 부근으로 데려갔다. 그곳에 제단이 차려져 있었다. 직사각형의 제단은 검은 천과 노란 천으로 반씩 덮였고, 그 위에 북과 북채, 커다란 붓이 놓여 있었다. 제단 앞에는 세로로 긴 하얀 천이 깔렸고, 양옆으로 타오르는 횃불이 어스름한 새벽을 밝혔다.

요란한 방울 소리는 없었다. 장대에 달아 놓은 방울이, 바람이 불 때마다 딸랑딸랑 울릴 뿐이었다. 무하는 나를 흰 천의 끝자락에 앉히고 등 뒤에 밀짚 인형을 받쳐 놓았다. 숨을 쉬기조차 힘들었지만 안간힘을 다해 앉아 있었다.

"누가 보호령을 할 거지?"

무하가 우리를 바라보며 물었다.

"보호령……이요?"

"우주의 기운은 상상할 수 없이 강해. 둘 중 하나가 보호령 역할을 해야 해. 쉽게 말해 한 영혼이 다른 영혼을 감싸는 거야. 하나는 진주, 다른 하나는 조개껍데기 같은 존재가 되는 거지."

"당연히, 제가 보호령을 해야죠."

조영인의 단호한 말이 내 입을 통해 나왔다. 그 의지와 나를 지키겠다는 염원이 너무 강해서 감히 막을 수가 없었다. 조영인이 내게 속삭였다.

 나는 충분히 오래 살았고, 당신을 지켜 주고 싶어요.

"그래, 그럴 줄 알았어."

무하가 고개를 끄덕였다.

"자, 굿을 시작하자."

지금까지와는 다른 근엄한 목소리였다. 나는 떨리는 몸을 가누느라 남아 있는 힘을 소진했다.

둥…… 둥…… 둥…….

굿이 시작되었다. 무하는 제단 위의 북을 내려 어깨에 멨다. 느린 간격으로 북을 치며 내 주위를 돌았다. 북소리는 웅장하고 깊은 울림이 있었다. 내 영혼이 북소리에 맞춰 진동했다. 소용돌이 모양을 그리며 서서히 내게 가까워지던 무하가 제단 앞으로 가 무릎을 꿇었다. 가만히 북을 벗고 커다란 붓을 집어 들었다. 사뿐사뿐 가벼운 걸음으로 나에게 다가왔다. 바닥에 고인 피를 찍어 흰 천 위에 꽃잎을 그렸다. 순식간에 다섯 개의 꽃잎이 달린 붉은 꽃이 피어났다. 무하는 나를 안아 꽃잎 위에 뉘였다. 그리고 밀집 인형에 불을 붙였다. 타닥타닥 노란 인형이 까맣게

타들어 갔다.

"조금만 버티렴."

무하는 내 귀에 속삭이고 피로 젖은 붓에 재를 묻혔다. 그대로 달려가 바닷물에 뛰어들었다. 허리까지 잠긴 채 붓을 헹궜다. 붓의 움직임에 따라 물결이 출렁였다.

훠이, 훠이!

붓으로 반원을 그리며 무하가 외쳤다. 그 순간 몸이 가벼워졌다. 지금까지와는 다른 선명한 감각으로 조영인의 영혼과 내가 나란히 있는 걸 느낄 수 있었다. 무하가 재단 앞으로 달려와 젖은 붓을 고이 내려놓았다. 허리춤에서 기다란 칼을 빼 들고 내 앞에 무릎을 꿇었다. 그리고 칼등으로 내 가슴을 내리쳤다.

한 번.

두 번.

세 번.

둥실, 영혼이 떠올랐다. 눈을 감았다 뜨는 찰나의 순간, 누워 있는 내 육체가 보였다. 무하가 내 다리를 가지런히 모으고, 가슴 위로 손을 겹쳐 놓았다. 포근한 솜털 같은 감촉이 나를 감쌌다. 달콤한 향기와 따뜻한 온기. 조영인이 나의 보호령이 된 것이다. 무하는 내 육체 앞에 무릎을 꿇고, 가만히 손을 모아 절했다.

"부디 즐거운 여행이 되길."

부디 즐거운 여행이 되길

부디 즐거운 여행이 되길.

우리는 우주 공간으로 나아갔다. 하늘로 올라 구름을 지나 암흑의 바다를 헤엄쳤다. 나는 믿는다. 지구와 우리 행성이 비슷하다면, 드넓은 우주 어딘가에 분명 비슷한 다른 행성이 있을 거라고. 조영인과 나의 영혼이 중첩되어 깃들 이가 존재할 거라고.

우주를 유영하며 우리는 수많은 이야기를 나눴다. 나보다 네 배 이상의 세월을 살았던 조영인은 자신의 70년에 대해 말하기보다 내 17년에 대해 듣기를 더 좋아했다. 나는 세 살 무렵부터 차곡차곡 기억을 더듬어 얘기했다.

소 로 여섯 살 되던 해 봄이었어요. 언니는 신당으로 견학을 가고,

전 그네에 앉아 어머니가 만들어 준 간식을 먹으며 책을 읽었어요. 책을 읽다가 주인공들이 부르는 노래를 따라 불렀어요. 책에는 가사만 쓰여 있으니 생각나는 대로 흥얼거렸을 뿐이지만요. 정원을 가꾸던 어머니가 나를 보며 미소 짓던 모습이 따뜻한 기억으로 남아 있어요.

아버지는 항상 무뚝뚝했어요. 지금 생각해 보면 자기 삶이 불만스러워서 마음에 여유가 없었던 것 같아요. 그래도 우리 곁에 머무는 동안은 좋은 아버지가 되려고 노력했어요. 언니를 목말 태워 주고 나면 꼭 저도 태워 줬죠. 내 어깻죽지에 손을 넣고 번쩍 들어 올렸어요. 몸이 공중에 뜨는 그 순간을, 저는 좋아했어요. 목말 타는 건 그다지 좋지 않았어요. 언니를 태우느라 힘들었는지 아빠의 목에는 늘 땀이 배어 있었거든요. 그래도 참았어요. 몸이 붕 뜨는 그 찰나의 짜릿함을 맛보려고요.

좋았던 순간은 그렇게 반짝, 나타났다 사라지는 것일까. 나는 기억 끝자락에 묻어 있는 아름다운 찰나를 찾아 조영인에게 얘기했다.

조영인과 이야기하지 않는 시간에는 가족에 대해, 행성에 남아 있는 사람들에 대해 생각했다. 어머니는 그 집에서 혼자 지내고 계실까. 아버지는 여전히 정제된 삶을 살아가겠지. 언니, 언니는 어떻게 되었을까. 언니가 바라던 대로 깃들지 않은 자들의 마을에 가서 아버지를 만났을까? 그리고 카리. 그 애의 영혼을 무하가 되찾아 주면 좋을 텐데. 무하라면 약속을 지켰으리라 믿는다. 모두에게 평온을 찾아 주었을 것이다. 과연 무하 자신은 평온을 찾았을까. 평생 사랑하고 그리워하던 사람을 자기 손으로 죽였다. 부디 무하가 고통받지 않기를.

나는 남겨진 이들을 위해 기도했다.

우주로 온 뒤 많은 시간이 흘렀다. 그러나 아직도 존재하지 않는 육체에 통증이 느껴질 때가 있다. 화살이 피부를 찢고 관통하던 순간의 통증. 이 환상통은 아주 오래, 어쩌면 내 영혼이 소멸하는 날까지 계속될지도 모른다. 그래도 괜찮다. 나에게는 통증을 다독일 기억을 만들어 나갈 친구, 조영인이 있으니까.

[소 로] 이제 영인의 얘기를 해 줄 차례예요.

내 17년에 대해, 기억하는 한 모든 이야기를 하고 나서 조영인에게 말했다. 조영인은 무슨 이야기부터 할까, 한참을 망설였다. 조급해할 필요는 없었다. 우리에게는 망설일 시간이 아주 많았으니까.

 우주선에서 사고를 겪은 게 불운이라는 말을 했었죠? 그래도 돌이켜 보면 굴곡 없는 인생이었던 것 같아요. 70년을 사는 동안 큰 사고를 겪은 적이 없으니까요. 다만 딱 한 번 죽을 뻔한 적이 있어요.

열아홉 살 때였어요. 가족들과 바다에 갔었죠. 전 바다를 보고 몹시 흥분했어요. 고등학교에 다닐 때는 학원에 치여 지내느라 바다에 갈 수 없었거든요. 가족들은 바닷가에서 쉬는 걸 더 좋아했고, 저는 물을 좋아해서 도착하자마자 바다에 첨벙 뛰어들었어요. 그곳 바다의 지형은 독특했어요. 해안가에서 무릎까지 닿던 수심이 열 걸음도 가기 전에 바닥에 발이 닿지 않을 정도로 깊어졌으니까요. 발이 닿는 곳에서 헤엄쳐 갈 수 있는 섬까지 왕복하기 시작했어요. 수영은 자신 있었죠. 한 번, 두 번, 세 번……. 몇 번이나 섬과 바다를 오갔어요. 쉬지도 않고요. 몸에 점점 힘이 빠졌지만 무시했어요. 아침도 제대로 먹지 않은 주제에 말이에요. 한 번만 더 가자, 생각했을 때 온몸의 힘이 사라졌어요. 다리에 쥐가 난 것도 아닌데 얼음 마법에 걸린 것처럼 꼼짝도 할 수 없더라고요. 그렇게 바닥으로 서서히 가라앉았어요. 대낮인데도 바닷속은 어두웠어요. 저는 완전한 어둠과 고요에 싸였는데, 두렵지는 않았어요. 죽을 수도 있는 상황인데 오히려 마음이 차분해졌죠. 죽지 않을 운명이었기 때문이었을까요? 바닷가에 살던 소년이 저를 보고 구해 줬거든요.

완전한 어둠에 싸였다는 건 제 착각인지도 몰라요. 수심이 그렇게까지 깊지는 않았으니까요. 하지만 제 기억에는 온화하고 부드러운 어둠으로 남았어요. 아마도 우주의 어둠이 그때 접한 어둠과 닮아서, 고독했지만 견딜 수 있었나 봐요. 어쩌면 저는 어둠을 사랑하는 사람인지도 모르겠어요.

조영인이 나지막이 웃었다. 어둠을 사랑하는 마음은 어떤 것일까. 이곳에, 이 우주 공간에 나 혼자 덩그러니 남겨진다면 나는 과연 어둠을 사랑할 수 있을까?

우리는 은하수를 보고, 부서진 우주선의 조각들도 보았다. 우주 괴물은 만나지 못했다. 조영인도 긴긴 시간 동안 마주친 적이 없다고 하니 우주 괴물은 존재하지 않는지도 모르겠다. 아니면 우리가 갈 수 없는, 다른 차원의 은하계에 있는지도.

조영인) 의식 상태로만 존재하더라도 마음을 나눌 친구가 있다면 괜찮은 것 같아요.

[소　로] 우리 지금 마인드 업로딩 상태랑 비슷한 걸까요?

[조영인] 글쎄요. 다른 것 같아요. 우리에겐 데이터가 아닌 영혼이 있
는 거니까.

우리에겐 영혼이 있다. 조영인의 말이 깊이 울렸다. 그의 영혼
이 먼저 내게 깃들었고, 지금은 나와 그의 영혼이……

[소　로] 나는 우리가 서로에게 깃들었다고 생각해요.

[조영인] 서로에게 깃들다.

조영인은 내가 한 말을 오래오래 곱씹었다.

시간 개념이 사라진 공간에서 왜인지 나는 시간의 흐름을 놓
치지 않으려 애썼다. 내 나름대로 목적지를 정하고 그곳까지 이
동하는 시간을 하루로 계산했다. 내가 세운 기준으로 밤이 되면
잠을 잤다. 꿈도 꾸었다. 영혼이 꾸는 꿈도 별다를 건 없었다.

[소　로] 오늘이 202일째인지, 203일째인지 헷갈려요. 이럴 때는
202일부터 다시 세는 게 맞겠죠?

내가 듣기에도 투덜대는 말투였다. 조영인이 풋, 작게 웃었다.

 소로, 이제 날짜 따위 놓아주어도 괜찮지 않아요?

 알아요. 제가 왜 이러는지 모르겠어요. 저 좀 이상하죠?

 하나도 이상하지 않아요. 저도 우주 공간에 홀로 있을 때 날짜를 셌으니까. 며칠까지 셌는지는 기억나지 않지만요.

나는 깔깔 웃었다. 영혼도 큰 소리로 웃을 수 있다니 다행이다. 갑자기 조영인이 외쳤다.

 소로. 좋은 생각이 났어요. 우리 시간을 찾으러 가요!

 시간을 찾아요? 어떻게?

 이렇게요!

보호령은 영혼의 방향과 속도를 다스릴 수 있다. 롤러코스터를 태우듯, 조영인이 검은 공간을 빠르게 가로질렀다. 속도감이 느껴지자 정체되었던 시간의 흐름이 느껴졌다. 우리는 시간을 찾고 있었다. 나는 함성을 지르며 우주를 날았다. 이럴 때 몸이 있다면 어떤 기분일까, 살짝 궁금해하며.

변화 없는 날들이 이어졌다. 지루할 때도 있었지만 지루한 것도 나쁘지 않았다. 우주 괴물이라도 나타나면 좋겠네. 괴물은 영혼이라도 한입에 삼켜 버릴까? 따지고 보면 우리도 유령 같은 존재니까 무서워하려나? 블랙홀이라면 영혼도 삼켜 버릴 수 있겠지? 블랙홀을 통과하면 다른 차원으로 갈 수 있을까? 우리는 이런 농담을 주고받았다. 그때까지만 해도 조영인과의 이별은 전혀 예감하지 못했다.

*

언제나처럼 우주를 유영하고 있을 때였다. 지금이 857일째인지, 926일째인지 알 수도 없었고, 중요하지도 않았다. 어느 순간 나도 날짜 따위를 놓아 버렸다. 지루한 날들 가운데 하나가 될 거라 생각했는데 멀리 밝은 청록색으로 빛나는 별이 보였다.

[소 로] 영인, 저것 좀 봐요! 너무 아름다워요.

[조영인] 오로라…… 저건 오로라예요! 우주 정거장에서 찍은 오로라 사진을 본 적이 있어요. 오로라를 좋아해서 사진을 검색하다가 우주에서도 오로라가 발생한다는 걸 알고 신기했던 기억이 있거든요.

조영인의 말대로 초록빛 오로라가 행성을 둘러싸고 있었다. 그 위로 찬란한 자줏빛이 중첩되었다. 나는 우리 영혼의 단면이 저렇게 생겼을 거라고, 막연히 상상했다.

소 로ㅣ기억나요. 영인은 일흔 살 생일에 화성이 아니라 오로라를 보러 가고 싶었다면서요. 지금이라도 볼 수 있어 다행이에요.

조영인ㅣ그러게요.

우리는 한동안 아무 말 없이 오로라가 내뿜는 신비한 빛을 바라보았다.

조영인ㅣ죽기 전에, 아니 떠나기 전에 오로라를 함께 볼 수 있어 좋아요. 선물을 받은 것 같아 기쁘네요.

조영인이 자그맣지만 벅찬 목소리로 말했다.

소 로ㅣ무슨 말이에요? 영인이 왜 떠나요?

조영인ㅣ우리 저 행성으로 갈 거니까요. 저곳에서 깃들 이를 찾을 거예요.

대기권을 통과하면 보호령이 사라질 수 있다. 나는 조영인과 헤어지고 싶지 않았다. 그를 떠나보내고 싶지 않았다. 절대로.

조영인 저기 바다와 산, 강과 들판을 봐요. 우리가 살던 곳과 비슷하잖아요? 저기가 소로가 가야 할 곳이에요.

얘기를 하는 동안에도 우리는 조영인이 가자는 행성으로 향하고 있었다. 조영인이 보호령이므로 우리의 움직임은 그에게 달렸다.

소 로 영인, 서두를 필요 없잖아요. 좀 더, 좀 더 우주에서 함께 있어요. 잠깐, 잠깐만 멈춰 봐요.

조영인 소로, 우주에는 변수가 많아요. 농담이 아니라 언제 블랙홀에 빨려 들어갈지 몰라요.

소 로 영인은 그런 일 없이 긴긴 세월 동안 우주를 떠돌다 저를 만났잖아요.

조영인 운이 좋았을 뿐이죠. 소로를 만났으니 운이 좋다고 말할 수 있는 거예요.

소 로 이번에도 우리 그 운을 믿어요. 우주에서 무한의 시간을 같이 살아요. 네?

조영인 소로, 모든 건 끝이 있게 마련이에요. 내 영혼이 쇠약해져서 낡은 우주복처럼 소로를 보호할 수 없게 되는 건 상상도 하기 싫어요.

소 로 하지만…….

조영인 자, 가요. 가서 소로의 시간을 찾아요. 내 운을 소로에게 다 줄게요.

안 된다는 말을 할 틈도 없었다. 우리는 빠른 속도로 대기권에 진입했다. 나를 감싸고 있던 따스함이 우주 공간으로 한 줌씩 흩어졌고, 나중에는 먼지처럼 고운 입자가 되어 떨어져 나갔다. 내 주변을 떠나지 못하는 영혼의 입자들. 조영인의 목소리를 닮은 연노란 빛을 품은 입자였다. 나는 울었다. 영혼도 울 수 있다는 걸, 그때 처음 알았다. 안녕, 조영인.

깃들다

바다가 보인다. 내가 알고 있던 것과는 다른, 화려한 바다.

모래사장 위 알록달록한 파라솔, 커다란 수박을 잘라 나눠 먹는 사람들, 짙은 색안경을 쓰고 일광욕하는 사람들, 공놀이하는 사람들, 뛰어다니는 아이들로 해안가는 북적인다. 얕은 바다에는 헤엄치는 사람들과 한가로이 배를 타는 사람들이 있고, 먼바다에는 나무판 위에 올라서 높은 파도를 타는 사람들이 있다. 누군가는 바닷가에 오래 머문 듯 피부가 그을렸고, 누군가는 막 도착한 듯 볼과 어깨가 발갛게 상기되어 있다.

햇살은 강렬하게 내리쬐는데 나는 한기를 느낀다. 나를 감싸고 있던 조영인이 사라졌으니 당연한 일일 것이다. 이대로 나도 입자가 되어 사라져 버리고 싶은 충동마저 든다. 그렇지만 그건 내 마음대로 할 수 없을뿐더러 조영인이 원한 바가 아니다. 내 영혼이 누군가에게 깃들어 살아가는 것이 그가 희생한 이유다. 나는 즐거운 얼굴을 한 사람들 위를 떠다니며 깃들 이를 찾는다. 내게 감응하는 사람을.

마침 바다로 뛰어들어 가는 한 무리의 소녀들을 발견한다.

〔조영인〕 네 또래에 깃든다면 좋을 거야. 소로가 살아 보지 못한 생을 살아 보는 경험을 할 테니까.

언젠가 조영인이 말했다. 드물게 반말로 했던 이야기라 더욱 생생하게 기억난다. 나는 열심히 그들의 곁을 맴돈다. 아무 느낌이 없다. 소녀들은 닫혀 있다. 나는 또 바닷가를 부유한다.

소로. 어디선가 나를 부르는 소리가 들린다. 실제로 들린 건 아니고 그런 느낌이 든다.

〔누군가〕 소로, 여기야.

속삭이는 듯한 목소리를 따라간다. 새하얀 선베드에서 칵테일을 마시고 있는 할머니에게서 시작된 감각이다. 짧은 머리를 단정하게 뒤로 빗어 넘긴 할머니는 수영복을 입고 그 위에 흰 블라우스를 걸치고 있다. 손에 책이 들려 있는 걸 보니 당장은 물에 들어갈 생각이 없나 보다. 갑자기 가슴이 아려 온다.

바다를 바라보는 할머니에게서 나는 조영인의 모습을 본다. 그가 보내고 싶었던 일흔 살 생일이 이런 모습이었다면 어땠을까. 추운 극지방에서 오로라를 보는 것도 좋겠지만 바닷가에서 한적한 시간을 보내는 것도 조영인에게 어울린다. 이곳에는 우주선 따위, 화성 여행 따위가 없었으면 좋겠다. 그렇게 생각한 순간 할머니와 눈이 마주친다. 내가 보일 리 없는데도 나를 똑바로 바라보고 있다. 인자한 눈빛이다. 나는 할머니의 가슴 한가운데로 파고든다. 칵테일 잔을 들던 할머니가 가볍게 놀란 듯 움찔한다.

할머니의 심장은 따뜻하다. 피가 흐르는 소리가 들린다. 잠이 밀려온다. 아마도 나는 긴 잠을 잘 것이다. 49일이 될 수도, 99일이 될 수도 있겠지. 소로, 잘 지내요. 사랑해요. 조영인의 목소리가 들린다. 나도 사랑해요.

점점 멀어져 가는 의식의 끈을 잡으려 애쓰지 않는다. 다만 나는 한 가지 소망을 깊이 새긴다.

부디 이 할머니가 나를 거부하지 않기를. 내 보잘것없는 영혼과 함께 살아가기를.

저기 바다와 산, 강과 들판을 봐요.

우리가 살던 곳과 비슷하잖아요?

자, 가요. 가서 소로의 시간을 찾아요.

내 운을 소로에게 다 줄게요.

잘 지내요.

사랑해요.

이 이야기가
당신에게 깃들기를

조인혜(국어 교사)

어떤 이야기는 읽고 나서 한동안 몸 어딘가에 머문다. 이 소설
이 그랬다. 『부디 안녕하기를』을 새롭고 아름답게 만들어 주는
단어를 고르라면 주저 없이 '깃들다'를 선택할 것이다. 혼, 빙의,
무당, 굿과 같은 한국적 샤머니즘을 비과학적이고 고리타분하
다는 납작한 시선으로만 바라보는 사람들에게, 이 작품의 '깃듦'
은 조용히 말을 건다. 오늘날 우리의 마음에 스며야 할 이야기
들이 아직 남아 있다고.

정상성의 경계

'소로'가 사는 행성의 사람들은 열일곱 살 전후로 빙의된다.
몸속에 다른 이의 영혼을 받아들이게 되는데 영혼의 종류는

제한이 없다. 이들에게는 사람뿐만 아니라 동식물의 영혼도 깃든다.

동식물의 영혼이 깃든다고 해서 열등하지 않으며, 하찮은 영혼은 없다. 이는 인간 중심적인 사고에서 벗어나 인간과 비인간의 경계를 흔들고, 우리가 얼마나 다양한 존재들과 연결되고 공존하고 있는지를 돌아보게 한다. 선조들이 자연물에 인격을 부여하거나 집안의 돌이나 짚단에도 집을 지켜 주는 신이 있다고 믿었던 것은 무지와 맹목이 아니라 인간과 비인간을 모두 동등하게 함께 살아가는 존재로서 인정하고 존중하는 마음에서 비롯되었을 것이다.

그러나 지금의 모습은 어떠할까. 인간들 내에서도 여전히 다수를 기준으로 정상과 비정상의 경계 짓기가 계속된다. 작품 속 '영인'은 '무당의 딸'이라는 사실을 지우고 살아야 했다. 이를 부끄럽게 여기게 만든 타인들의 시선 때문이었을 것이다. 살인범의 영혼이 깃드는 일 또한 누구에게나, 아무 이유 없이 일어날 수 있었다. 그러나 사람들은 자신에게 깃든 이가 범죄자가 아니라는 이유로 '카리'를 비정상의 자리에 세운다.

흑백 논리와 배제의 메커니즘은 그렇게 작동한다. 지구에서는 빙의된 사람들이 소수고 별나다는 취급을 받지만, 소로가 사는 행성에서는 혼이 깃들지 않는 사람이 소수이며 오히려 이들이 배제되고 격리된다. 이러한 설정을 통해 작품은 '정상성'에 대해 질문을 던진다. 우리를 둘러싼 정상성은 무엇이고, 어떤 기준으로 누구를 배제하고 있는지. 작품은 정상성이 그 사회를 구성하는 다수의 문제와 연결된다는 것을, 정상을 결정하는 기준조차 그 사회가 정상을 규정하는 기준에 달려있을 뿐 배제를 뒷받침할 본질적 근거가 없음을 보여 준다.

진정한 만남, 운명을 뛰어넘기

모두 다른 영혼을 몸 안에 품고 사는데도 그렇다. 결국 우리는 자신의 영혼과 자기 안에 깃든 영혼 이외에는 이해할 수 없으므로. 아니, 우리는 우리 자신의 영혼조차 이해하지 못하므로.(본문 14쪽)

소로는 '영인'이 자신에게 깃들고 나서도 서로 다른 행성 출신이라 소통이 되지 않는다. 하지만 소로는 조급해하지 않는다. 자신에게 들어온 영혼이니 소통할 수 있으리라는 믿음을 가지고 감응하며, 소통하기 위해 노력하는 것을 포기하지 않는다.

영인이 깃든 소로는 점차 변화하기 시작한다. 언니의 말에 권위를 부여하고 그 말에 좌지우지되던 존재에서 스스로 '나'로

서는 존재가 된다. 서로를 고유한 존재로서 존중하고, 서로를 완벽하게 이해할 수 없음에도 이해하고 소통하려는 노력을 멈추지 않는 두 존재의 만남은 타자와의 만남에서 우리가 가져야 할 마음에 대해 생각하게 한다. 영인이 '마인드 업로딩'은 거부했지만 소로에게 깃드는 것은 받아들였던 이유는 무엇일까? 물성의 유무도 이유이겠지만, 영원히 변함없는 나 자신의 보존이 목표인 마인드 업로딩과는 달리 서로에게 깃드는 사건은 타자와 연결되고 만나는 과정에서 변화하는 나를 경험하게 한다.

영인과 소로는 타자와의 진정한 만남이란 어떤 것인지를 보여 주고, 그러한 만남이 우리를 성장시키는 과정임을 보여 준다. 그리고 그 만남은 소로가 예언을 다르게 볼 수 있도록 이끈다. 자아는 타인과의 관계에서 내가 어떤 사람이고 무엇을 할 수 있는 사람인지 확인하는 과정을 통해 형성되어 간다. 두 사람의 관계는 '나' 자신을 가장 잘 아는 사람이 '나'일 것 같지만, 실은 '나' 혼자서는 알 수 없는 것이 바로 '나' 자신임을 생각하게 한다.

아무리 불운한 예언이 내려졌다 하더라도 내 힘으로 뛰어넘을 수 있는 지점이 있다면 찾아낼 것이다. 운명이 원하는 대로 죽진 않겠다.(본문 72쪽)

소로는 영인과의 만남을 통해 자신에게 내려진 예언이라는 운명을 믿지만, 그것에 끌려가지 않는다. "불운한 예언" 안에서 "내 힘으로 뛰어넘을 수 있는 지점"을 찾는다. "운명을 바꾸는 것도 우리가 가진 힘"임을 알고 "내가 할 수 있는 일"을 하겠다는 "선택"을 한다.

운명을 부정하지 않으면서도 그 안에서 자신의 자리를 찾겠다는 이 선택이, 소설의 가장 빛나는 순간 중 하나다. 소로가 혼자였다면 하지 못했을 결정이지만 두 사람의 관계를 통해 넘어서겠다는 선택을 하게 된다. 예언이 정해 주는 결과가 있을지라도 어떤 경로를 거쳐 그 길에 이를지 선택하겠다는 소로의 결정은 내가 어떤 존재로서, 무엇을 위해 어떻게 사는 존재가 될 것인지를 선택하겠다는 것을 전제로 한다.

운명을 인정하면서도 그것의 흐름을 읽고 이를 돌릴 수 있다는 것을 믿는 것은 우리나라의 무속적 세계관에서 무당이 했던 역할과 다르지 않다. 소로는 가장 무당다운 방식으로 타락해 버린 가짜 무당들에 맞선다. 그리고 그러한 선택을 할 수 있었던 것은 혼자서는 볼 수 없고 할 수 없었던 것을 함께해 준 영인이 있었기 때문이다. 소로는 영인과의 관계를 통해 완성되고 깊어진다.

관계 안에서 존재한다는 것

소로와 영인, 두 영혼이 함께 우주로 떠날 때, '무하'는 "부디 즐거운 여행이 되길"(본문 180쪽)이라고 말한다. 이 장면은 두 사람의 영혼이 육체에서 빠져나왔지만, 그것이 죽음이자 끝이 아닌 다른 방식으로 둘의 존재가 지속되고, 그 안에서 두 사람의 관계도 이어짐을 보여 준다. 소로는 영인과 서로에게 깃든 관계 안에서 운명의 틈을 뛰어넘고 죽음을 맞이하지만, 소멸하지 않고 또다시 새로운 관계를 만나 이어 갈 수 있게 된다.

영인이 소로에게 보여 주었던 가장 좋은 추억 속 장면은, 마지막에 소로가 영인을 떠오르게 하는 할머니에게 깃드는 장면과 그림처럼 맞닿는다. 그렇게 우리는 육체의 영생이 아니라 누군가의 영혼 속 한 겹으로 깃들어 존재를 남기게 되는 것이 아닐까? 소로 안에서 영인과 함께했던 시간이 오래도록 기억되기를 그리고 이 글을 읽는 당신에게도 이 이야기가 오래 머물기를 바란다.

　나는 무언가를 뒤집어 보는 일을 좋아한다. 어릴 때부터 그랬다. 양말을 뒤집어서 어딘가 일그러진 곰돌이 얼굴을 가만히 들여다보거나, 꽃 자수가 놓인 손수건을 뒤집어서 복잡하게 얽힌 실의 궤적을 따라가는 걸 좋아했다. 어른이 된 지금은 티셔츠를 뒤집어 입는다. 솔기가 피부에 닿는 게 싫다는 핑계다. 물론 집에서만.

　글 쓸 때도 다르지 않다. 나는 현실을 뒤집는다. 동화집 『나무가 된 아이』에 실린 「온쪽이」는 반쪽이 설화를 모티브로 한 단편인데 행성 사람들 다수를 반쪽이, 오른 사람과 왼 사람으로 만들었다. 그곳에서 우리 같은 '온쪽이'는 극히 소수다.

『부디 안녕하기를』의 세계에서는 다수의 사람에게 영혼이 깃든다. 우리 사회에서 영혼이 깃드는 일, 빙의되는 건 소수지만 소설 속 세상이라면 우리 중 대부분은 '깃들지 않은 자들의 마을'에 가야 할 것이다. 소수와 다수가 뒤바뀌는 이야기를 할 때 나는 작은 통쾌함을 느낀다.

소설가는 무당의 팔자와 닮았다는 말을 들은 적이 있다. 그것이 영감이든 혹은 캐릭터이든 뭔가가 깃들지 않는다면 글을 쓸 수 없으니까.

실제로 집중해서 글을 쓰다 보면 트랜스 상태에 빠지듯 몰입의 순간이 찾아온다. 더운 것도 추운 것도 잊고 자판을 두드린다. 그러다 배고프면 정신이 돌아온다. 먹는 걸 좋아하는 나는 아직 밥 먹는 것을 잊는 경지에는 도달하지 못했다.

이 소설처럼 꼭 영혼이 아니더라도 우리 안에는 많은 것이 깃든다. 사랑하는 이, 추억, 감정……. 무엇이 깃들든, 우리는 그것과 더불어 살아가야 한다. 미움이나 분노, 나쁜 생각이 깃든다 해도 그것들이 지나치게 커지지 않도록 마음을 돌보면서. (만약 내게 영혼이 깃든다면 브론토사우르스의 영이었으면 좋겠다. 그에게 꼭 공룡의 멸종 이유를 물어보고 싶다.)

무속 SF라는 테마를 안겨 준 이루카 작가님, 감사합니다. 곽유진 작가님과 김효진 평론가님께도 감사를 전합니다. 그리고 제 글을 저만큼이나 사랑해 주신 이혜재 편집자님, 고맙습니다.

부디 안녕하기를.

2026년 봄, 벚꽃잎의 다정함이 깃든
남유하 올림

부디 안녕하기를
-나의 깃든 이에게

1판 1쇄 발행 2026년 4월 20일

지은이 남유하

편집 이혜재
디자인 이지인
제작 세걸음

펴낸이 이혜재
펴낸곳 책폴
출판등록 제2021-000034호
전화 031-372-9390
팩스 0303-3447-9390
전자우편 jumping_books@naver.com

©남유하, 2026

ISBN 979-11-93162-58-3 (43810)

너와 나, 작고 큰 꿈을 안고 책으로 폴짝 빠져드는 순간
책폴

블로그 blog.naver.com/jumping_books
인스타그램 @jumping_books